DUMONT

Seit seinem Debütroman ›Vom Wasser‹ ist das nasse Element im Schreiben des passionierten Schwimmers John von Düffel zentral. Wasser ist sein Lebensthema, eine Konstante, auch wenn sich sein Blick auf Flüsse, Seen und Meere im Laufe von zwei Jahrzehnten als Romanautor, Dramaturg und Essayist immer wieder änderte. Was vor zwanzig Jahren noch im Überfluss vorhanden schien, wird heute kostbar: Der Mensch verändert das Klima, das Wasser wird zu einer knappen Ressource. Das Verhältnis von Mensch und Natur neu zu fassen, ist für John von Düffel nicht nur eine politische, sondern auch eine poetische Herausforderung.

Ergänzend zu seinem Roman ›Der brennende See‹ versammelt er in der komplett überarbeiteten und aktualisierten Neuausgabe der Essaysammlung ›Wasser und andere Welten‹ achtzehn teils poetologische, teils autobiografische, teils alte und teils neue Texte zum Schwimmen und Schreiben. Das verschwindende Wasser stellt John von Düffel nun vor die literarische Gewissensfrage, worüber man in Zeiten des Klimawandels schreiben sollte. Brauchen wir eine neue Poetik der Naturbeschreibung?

John von Düffel wurde 1966 in Göttingen geboren, er arbeitet als Dramaturg am Deutschen Theater Berlin und ist Professor für Szenisches Schreiben an der Berliner Universität der Künste. Seit 1998 veröffentlicht er Romane und Erzählungsbände bei DuMont, unter anderem ›Vom Wasser‹ (1998), ›Houwelandt‹ (2004), ›Wassererzählungen‹ (2014), ›Das Klassenbuch‹ (2017) und zuletzt ›Der brennende See‹ (2020).

Seine Werke wurden mit zahlreichen Preisen ausgezeichnet, unter anderem mit dem aspekte-Literaturpreis und dem Nicolas-Born-Preis.

John von Düffel

Wasser und andere Welten

Geschichten vom Schwimmen
und Schreiben

DUMONT

Von John von Düffel sind bei DuMont außerdem erschienen:
›Vom Wasser‹, ›Zeit des Verschwindens‹, ›Ego‹, ›Houwelandt‹, ›Hotel Angst‹, ›Beste Jahre‹, ›Wovon ich schreibe‹, ›Goethe ruft an‹, ›Wassererzählungen‹, ›KL – Gespräch über die Unsterblichkeit‹, ›Klassenbuch‹, ›Der brennende See‹

FSC
www.fsc.org
MIX
Papier aus verantwortungsvollen Quellen
FSC® C083411

Vom Autor komplett überarbeitete und aktualisierte Neuausgabe der 2002 beim Dumont Literatur und Kunst Verlag Köln erschienenen Erstausgabe

Februar 2021
DuMont Buchverlag, Köln

Umschlaggestaltung: Lübbeke Naumann Thoben, Köln
Umschlagabbildung: © Alban Guerry-Suire/www.clickandwatch.net
Satz: Fagott, Ffm
Gesetzt aus der Garamond
Druck und Verarbeitung: CPI books GmbH, Leck
Gedruckt auf säurefreiem und chlorfrei gebleichtem Papier
Printed in Germany
ISBN 978-3-8321-6574-1

www.dumont-buchverlag.de

INHALT

VORWORT ZUR NEUAUSGABE

Wasser ist mein Lebensthema. Daran hat sich fast zwanzig Jahre nach dem Erscheinen dieses Buchs nichts geändert. Die Faszination für das Element und die Nähe zum Wasser im Schwimmen und Schreiben sind meine biografischen Konstanten. An einem Fluss, einem See, dem Meer zu stehen und aufs Wasser zu schauen, ist für mich die Ursituation von Glück, von Erinnern, Träumen und Im-Moment-Sein. Über den Grund für diese Affinität zum Wasser kann ich nur spekulieren. Aber sie bleibt – und mit ihr viele Geschichten aus der Wasserwelt. Diejenigen, die mich noch immer begleiten, sind hier in diesem Band versammelt.

Und doch ist es heute weder dasselbe Wasser noch dasselbe Buch. Im Lauf von zwei Dekaden hat sich nicht nur mein Blick auf die Flüsse, Seen und Meere verändert. Die Wasserlage als solche ist eine andere geworden. Als ich mit dem Schreiben anfing, schien Wasser in unseren Breiten selbstverständlich. Im Staunen darüber begann für mich die Literatur: ein poetisches Verhältnis zu dem Element, das alltäglich war. Inzwischen hat es – auch in Mitteleuropa – längst aufgehört, eine Selbstverständlichkeit zu sein. Der Überfluss von einst ist jetzt eine knappe Ressource, verbunden mit vielen ökologischen, klimapolitischen und existenziellen Fragen. Aus meinem Lebensthema ist ein Überlebensthema geworden. Das will diese erweiterte Sammlung durch neue Wassertexte widerspiegeln.

Der Kontext ist ein anderer in einer Welt, in der das Wasser brennt. Und die größte Aufgabe beim Schreiben derzeit scheint mir, das Verhältnis von Mensch und Natur zu überdenken, das Zerstörerische und das Rettende, das darin liegt. Die Liebe zum Wasser ist deshalb nicht obsolet, im Gegenteil: Sie gehört zu dem elementaren Respekt vor unseren Lebensgrundlagen und kann ein Leitfaden sein für einen anderen Umgang mit der Natur. Das ist noch immer keine Erklärung für die Faszination des Wassers, aber ein guter Grund, sich auf sie einzulassen.

John von Düffel im Februar 2021

DIE ALPHABETISIERUNG DES BLAUS

Wasser ist das Element der Verwandlung. Es ist weich und hart, glatt und rau, still bisweilen und dann wieder aufwühlend wild. Wasser kann geschmeidig sein, geradezu anschmiegsam in der Art, wie es den Rumpf eines Schiffes umspielt oder den Körper eines Schwimmers, um ihn im nächsten Moment mit aller Gewalt hin und her zu werfen, brachial und unerbittlich bis zur Grausamkeit. Wir steigen nie zweimal in dieselbe See.

Wasser ist blau, aber niemals auf ein und dieselbe Weise. Die Farbe der Meere spiegelt, so heißt es, den Himmel. Der Stand der Sonne und der Zug der Wolken geben dem Wasser und seiner Weite ein Gesicht, lassen es freundlich und einladend erscheinen oder auch abweisend kalt. Glitzerteppiche breiten sich aus und locken mit Licht. Doch schon im nächsten Augenblick kann sich der Himmel verfinstern, das Wasser schwillt an, bleigrau und bedrohlich, und nichts ist mehr, wie es war.

So wie Himmel und Meer am Horizont ineinander verschwimmen, so scheinen sich ihre Färbungen zu bedingen. Und doch ist es selbst Kennern unmöglich, von einem Blick in den Himmel darauf zu schließen, wie das Wasser heute sein wird. Es folgt seinen eigenen fließenden und sich verwandelnden Gesetzen. Auch unter einem strahlend blauen Himmel kann das Meer eine geriffelte, von unzähligen Schattenspitzen wimmelnde Fläche sein. Und selbst bei milchig trüber Witterung kann eine kabbelige See plötzlich aufschießen zu einem gischthellen, leuchtenden Grün. Der Verwandlungsreichtum des Wassers ist mit der Wechselhaftigkeit des Wetters allein nicht zu erklären, und seine unerschöpflichen Form- und Farbenspiele lassen den Himmel manchmal geradezu eintönig erscheinen.

Wasser ist das Element der Verwandlung. Sein Anblick ist mit nichts auf der Welt vergleichbar. Von Tag zu Tag, von Stunde zu Stunde gleicht es sich nicht einmal selbst.

Unter »Himmelblau« kann sich jeder etwas vorstellen. Würde man die Farben, die verschiedene Menschen mit diesem Wort verbinden, nebeneinanderlegen, dürften die Unterschiede nicht allzu groß ausfallen. Anders das Meer. Ist von »Ozeanblau« die Rede, verliert sich die Fantasie in einer Mannigfaltigkeit von Eindrücken. Doch vor einer solchen Vielfalt versagt die Sprache. Was bleibt, sind die Erinnerungen an die Meere in ihrer Einzigartigkeit und das Gefühl, beim Anschauen und Verweilen ganz allmählich zu einem Analphabeten dieser Farbe zu werden. Jedes Blau ist auf seine Art unsagbar.

Viel wurde geschrieben über Blau als die Farbe der Sehnsucht. Wo sich keine Worte finden, suchen sich Träume und Erinnerungen ihren Weg. Doch je länger ich aufs Wasser schaue, desto mehr fange ich an, es zu lesen. Ich glaube, auf einmal erkennen zu können, wie warm oder kalt es ist. Ich versuche, seine Tiefe abzuschätzen. Ich rieche und schmecke die Gischt in der klebrigen Luft, vermischt mit Schiffsdiesel und Maschinenöl. Eine Reise beginnt, ein bewegter Traum. Und doch bieten sich – inmitten dieser wechselvollen, blau umrauschten Fahrt durch Zeiten und Entfernungen – immer wieder Anblicke der Ruhe und des Verweilens. Namhafte Meere liegen in unfassbarem Schweigen da, Bilder einer zur bloßen Farbfläche verstummten See.

Eine Geografie der Farben tut sich auf: Fremde Gewässer zeigen ihre blauen Rücken. Wie gezähmt ducken sie sich vor dem Betrachter und lassen doch in einer blauschwarzen Schattenmulde, einem Wirbel oder einer Wölbung ihre bodenlose Tiefe ahnen und manchmal durch den Anschlag einer Schaumzunge ihre Willkür und Gewalt.

Blau ist die Farbe der Sehnsucht, der Stoff, aus dem die Träume sind, aber es ist auch die Farbe einer ruhenden, aus dem Dunkel heraufdämmernden Kraft.

Ebenso vielfältig wie das Element sind die Menschen am Wasser. Es ist nicht möglich, einen Fluss oder ein

Meer zu beschreiben, ohne die Geschichte der Menschen mitzuerzählen, die an ihm gelebt haben. Die Geschichte eines Gewässers ist immer auch die Geschichte der Menschen am Wasser und umgekehrt. Die Mythen und Legenden, die sich darum ranken, sind Teil seiner Aura, sie sind im Wasser real. Was wäre der Rhein ohne die Loreley und das Rheingold, was die Nordsee ohne den Schimmelreiter. Der Mensch spiegelt sich im Wasser, und das Wasser spiegelt sich im Menschen. Doch es spiegelt ihn nicht nur als das, was er ist, sondern auch als das, was er sein könnte. Das Wasser als Spiegel des Menschen besitzt eine fantastische, eine so utopische wie beklemmende Dimension. Es spiegelt seine Wünsche und Ängste, Träume und Wirklichkeit. Es ist ein poetischer Spiegel, dessen Einblicke tiefer und durchdringender sind als die der Oberflächenrealität. Und entlarvender.

Die Mentalität und Denkungsart der Menschen am Wasser, der Rhythmus ihres Lebens und Sterbens, das Auf und Ab ihrer Geschicke ist vom Gang des Wassers, seinem Rhythmus und seinen Gezeiten bestimmt. Würde man einen Menschenschlag von einem Gewässer an ein anderes umsiedeln, würden diese Menschen ihre Lebensweise, ihre kulturelle Identität, ihre Mythen und die ihnen eigene Weisheit verlieren. Es wären Wasserfremde, ohne Bezug zu dem Element, das einmal der Spiegel ihres Lebens und ihrer Geschichte war, das Element ihres Erinnerns.

Das Verhältnis der Menschen zum Wasser ist vielfältig und verwandlungsreich. Es kann praktisch und pragmatisch sein, sinnlich und selbstverliebt, domestizierend und herrschsüchtig, kultisch und religiös oder melancholisch und dem Vergehen verwandt. In einer Ästhetik des Wassers haben all diese Haltungen und Spielformen Platz, sie reichen von den Idealen der Unschuld und Reinheit bis hin zur Dämonie der Zerstörung. Denn auch darin spiegelt das Wasser den Menschen: in seinem Wollen und seinem Wahn.

Doch das Wasser offenbart nicht nur den Menschen, dieser Spiegel besitzt eine magische Gegenseitigkeit. Die Menschen geben dem Wasser mit ihren Mythen und Geschichten etwas zurück: Sie machen es beschreibbar. Mit ihren Erinnerungen, ihrer Sprache, ihren Bildern alphabetisieren sie das Blau. Ohne sie wäre es für immer stumm.

GESPRÄCH ÜBER BÄUME

»Bis gestern war's noch gut«, lautet der Satz, den ich auf meinen ersten Lesereisen am häufigsten zu hören bekam. Gemeint war das Wetter. Es schien, als bestünde tatsächlich ein Zusammenhang zwischen schweren Wolkenbrüchen und dem Roman *Vom Wasser*, mit dem ich damals unterwegs war. In jenen Jahren sah ich selten die Sonne.

Ich wäre heute Regenmacher, wenn ich an mein Talent geglaubt hätte, mit ein paar romanhaften Wasserbeschwörungen für Niederschlag zu sorgen. Nicht auszudenken, was ich in den vergangenen Dürresommern hätte bewirken können, als landauf, landab die Pegelstände der Flüsse auf Niedrigstände fielen, die Seen zu Tümpeln mit breiten Trockenrändern schrumpften, die Felder staubten und die Wälder brannten. Ich habe es auf diversen Literaturfestivals redlich versucht, kam aber zuletzt nicht mal auf einen einzigen Open-Air-Veranstaltungsabbruch wegen Regens pro Saison – früher waren es zwei pro Woche! Der Einfluss von Wasser-Lesungen auf das Wettergeschehen bleibt somit fraglich, falls es sich überhaupt noch um Wetter handelt und nicht um Klima.

Im Übrigen ist der Zusammenhang von Literatur und Meteorologie viel zu wenig erforscht. Dabei liegt er so nahe. Allein der Wetterbericht! Wie oft scheint er frei erfunden, wie selten ist er tatsächlich »Bericht« oder Vorhersage, sondern einfach nur Dichtung in freien Rhythmen und hat mit der Realität nichts zu tun. In meinem nächsten Leben werde ich Meteorologe, denke ich dann beim Blick aus dem Fenster, wegen der größeren künstlerischen Freiheit. Doch unterm Strich kommt es auf dasselbe heraus: Weder der Deutsche Wetterdienst noch die deutschsprachige Gegenwartsliteratur können Regen herbeibeten.

Es ist vielleicht nicht die erste Frage, die dieser Befund aufwirft, aber eine, die mir am Herzen liegt: Wozu dann Naturbeschreibungen? Was vermag die Schilderung eines stillen Sees am Morgen oder der Glätte des Meeres vor dem ersten Wind? Was leistet der Blick in den Himmel auf die Formfantasie einer Wolke oder ein literarischer Lungenzug voller Waldluft, wenn es der Natur dadurch keinen Deut besser geht? Warum sich mit Wortwahl und Satzbau herumschlagen, wenn es allen Naturbeschreibungen und Wasserbeschwörungen zum Trotz, verdammt noch mal, nicht ausreichend regnet?!

Aber der Reihe nach. Ich beginne mit einem Geständnis. Ich liebe Naturbeschreibungen, und ich liebe sie grundlos. Zumindest bin ich mir über den Ursprung meiner

Liebe nicht im Klaren. Sie geht auch auf kein poetisches Programm zurück, im Gegenteil. Diese Liebe war zuerst da, noch vor jeder Intention oder Idee. Sie ist gewissermaßen unvordenklich.

Geständnis Teil zwei: Eine gelungene – und das heißt »nicht kitschige«, sondern auf schwer zu erklärende Weise »wahre« – Naturbeschreibung macht mich glücklich, und zwar auf so vielen Ebenen, dass ich das Glück des Gelingens oder die Freude darüber höher schätze als so manche literarische Lebensweisheit.

Das gilt nicht nur für mich als Schreibenden, sondern auch als Leser. Zum Beispiel: *Anna Karenina* von Tolstoi, zweifellos einer der besten Romane der Welt, geschrieben mit einer erzählerischen Meisterschaft, vor der man sich nur verneigen kann. Doch am allerbesten hat mir, ehrlich gesagt, nicht die verzweifelte Liebesgeschichte der jungen Kitty gefallen oder der tragische Fall der Karenina selbst, sondern die Beschreibung des Sensens einer Sommerwiese oder die Waldbetrachtungen des Naturphilosophen und Landwirtschaftsreformers Lewin.

Selbstverständlich hat Großmeister Tolstoi diese Naturbeschreibungen eingestreut, um bei den Leserinnen und Lesern kurzzeitig für Entspannung zu sorgen. Es sind kleine Atempausen der Ruhe zwischen hochdramatischen Ereignissen, Spannungstäler, bevor die Handlung wieder anzieht und zum nächsten Gipfel stürmt. Doch für mich sind sie die Höhepunkte, kein »retardierendes Moment«, sondern das Hauptvergnügen.

Von Tolstoi ist es nicht weit bis zum dritten Teil meines Geständnisses: Ja, ich habe einen Traum, den Traum von einem Roman ohne Menschen. So wie sich manche Krimi-Fans durch die Privatgeschichten der Ermittler unnötig von dem eigentlichen Fall abgelenkt fühlen, so finde ich bei so manchem Roman die Menschen eher störend. Wie viel interessanter wäre die Geschichte der Natur, die sie umgibt, der Bildungsroman eines Birkenzweigs oder das Schicksal eines Schilfrohrs im Wind, denke ich bisweilen und träume von einem Stillleben auf dreihundert Buchseiten, auf denen sich nur Natur ereignet und sonst nichts.

Das ist ernster gemeint, als es klingt. Eine der fundamentalen Verhandlungen, die bei der Lektüre zwischen Werk und Leser stattfindet, ist die Verteilung von Aufmerksamkeit und Empathie. Es ist ein ständiges Wechselspiel von Fragen wie: Was ist es überhaupt wert, erzählt bzw. gelesen zu werden? Wem schenke oder leihe ich mein Interesse (auf Bewährung)? Wer oder was bekommt mein Mitgefühl?

Damit will ich nicht sagen, dass Romanfiguren oder gar Menschen aus Fleisch und Blut weniger Empathie verdienen als Flora und Fauna. Keineswegs! Mitgefühl mit einem Hund oder einer Katze, mit einem Pferd, Karnickel oder Hausschwein ist leichter zu haben beziehungsweise zu erzeugen als mit noch einem weiteren Exemplar unserer problematischen Gattung. So wie wir Haustiere oft verhätscheln, neigen wir auch bei Tierfiguren zur Überempathie. Doch genau das sollte Naturbeschreibung eben nicht sein: die hemmungs- und grenzenlose Vermenschlichung und Beseelung von allem, was sich nicht schnell genug in Deckung bringen kann. Der Blick auf die natürliche Welt ist nur dann interessant, wenn er nicht bloß die Ausdehnung und Fortschreibung der anthropozentrischen Perspektive bedeutet. Projektion ist nicht Deskription. Es gibt einen entscheidenden Unterschied zwischen Naturbeschreibung und menschlicher Selbstbespiegelung in der Natur.

Ein Roman ohne Menschen wäre nicht nur das Kunststück, ohne zweibeinige Protagonisten auszukommen, sondern auch und vor allem der Versuch, den menschlichen und menschelnden Blick zu überschreiten. Es wäre die Herausforderung, nicht von tierischen oder pflanzlichen Ersatzlieblingen und Gefühlsplacebos zu erzählen, sondern sich selbst so weit wie möglich zurückzunehmen und heranzuschreiben an eine Sicht der Dinge, die von sich selber absieht, an eine Sprache, die nicht hauptsächlich von sich spricht. Aber keine Angst. Wie das geht, weiß ich auch nicht.

Warum also Naturbeschreibung?

Meine Schreibphilosophie in einem Satz: Es geht um das richtige Verhältnis von Mensch und Natur, seine Korrektur und Neujustierung.

Meine persönliche Meinung in einem Satz: Es geht um Nähe, nicht vereinnahmende Nähe.

Meine persönliche Meinung in drei Sätzen: Es geht um Nähe, und zwar nicht nur zum Naturschönen, das ohnehin »bezaubernd« ist, sondern um Nähe zur Natur im Zeichen ihrer Zerstörung. Es geht nicht ums Schwimmen in romantisch umwaldeten Gewässern, sondern irgendwo zwischen Spundwänden und Autobahntrassen. Es geht um Empathie mit dem Baggersee.

Natur zu beschreiben, hat nichts mehr mit Schwelgen zu tun. Das Heraufbeschwören und Schwärmen von verlorenen Landschaftsparadiesen ist genauso wenig zeitgemäß wie das literarische Hobbygärtnern mit der sprachlichen Gartenschere. Das soll nicht heißen, dass es künftig nur noch Schilderungen von apokalyptischem Ödland und rauchenden Müllhalden geben darf, weltuntergangsartige »Klima-Fiction«-Szenarien, die jede Science-Fiction in den Schatten stellen. Die Aufgabe, aus meiner Sicht, ist weder das Schlimm- noch das Schönschreiben, sondern die Beschreibung der Veränderung vor unseren Augen. Und das Dilemma besteht darin, dass Natur nicht mehr Natur ist und gleichzeitig noch immer mehr Natur, als man meinen sollte. Sie ist schützenswert und mächtig, bedroht und bedrohlich zugleich. Wir reden von einem Verhältnis voller Widersprüche bis hin zu der Frage, ob es »Natur« in dem Sinne überhaupt noch gibt.

Damit sind wir bei unserem Naturverständnis, einem mindestens ebenso verworrenen und widersprüchlichen Kapitel. Nach wie vor spukt das Ideal der Unberührtheit und Ursprünglichkeit wie eine vergilbte Ansichtskarte durch unsere Köpfe und gilt beinahe als Synonym für »Natürlichkeit«. Andererseits ist uns längst klar, dass alles um uns herum Kulturlandschaft ist, von Menschen gemacht und gemorpht. Wäre Unberührtheit das Kriterium, müsste man das Ende der Natur konstatieren. Aber vom Menschen gemacht oder beeinflusst ist auch das Klima, das Wetter, der ganze Planet. Anstatt also den Naturbegriff aufzugeben, sollte man sich besser von der fixen Idee einer »reinen Natur« verabschieden. Das Verhältnis von Mensch und Natur ist kein sauberer, trennscharfer Gegensatz, sondern hybrid: eine vielschichtige, widersprüchliche Beziehung der Verbundenheit, Verstrickung und Entfesselung, in der jede Freiheit auch Verlust bedeutet und Zerstörung immer auch Selbstzerstörung.

Wer Natur so beschreibt, muss ihr deswegen nicht weniger nah sein. Im Gegenteil: Je deutlicher und drastischer sich das Verhältnis von Mensch und Natur als eine der wichtigsten Fragen der Zukunft erweist, desto größer wird die poetische Herausforderung der Nähe angesichts fortschreitender Natur-Entfernung, -Vernichtung und -Vergessenheit. Naturbeschreibung muss sich als literarische Form neu erfinden.

Das Poetische wird politisch – ist es längst. Bei jedem Sonntagsspaziergang im Wald oder am Wasser stellt sich die Frage: Was sehe ich, worüber sehe ich hinweg? Registriere ich die ausgedorrten Baumkronen, den trockenen Boden, die Abstufungen des gesunkenen Wasserspiegels am Ufer, den Plastikmüll und das allmähliche Verlanden, oder ignoriere ich die Veränderung? Schon diese Alltagsentscheidung ist politisch und poetisch, ethisch und ästhetisch gleichermaßen. Umso mehr gilt das für die literarische Gewissensfrage, worüber schreiben und worüber schweigen. Und vor allem: Wie?

Das Verhältnis von Mensch und Natur neu zu fassen, anders zu verstehen, in ein Gleichgewicht zu bringen, ist eine Herausforderung auf ganz vielen Ebenen: ökologisch, ökonomisch, politisch und gesellschaftlich. Der literarische Auftrag ist es, eine Sprache dafür zu finden oder zu erfinden, vielleicht sogar eine übergreifende Erzählung, einen Sinnzusammenhang, in dem unser Naturverhältnis nicht nur als Problem verschiedener Diskurse erfahrbar wird, sondern als etwas Umfassendes, Fundamentales. Doch das ist leichter gesagt als geschrieben.

Woher ich meinen Optimismus nehme, dass es trotzdem gelingen kann? Zugegebenermaßen weniger aus dem

Schreiben als aus dem Schwimmen. Denn das, was am Schreibtisch so gut wie unmöglich scheint, geschieht beim Schwimmen fast von selbst: Nach der ersten Überwindung stellt sich eine Nähe ein, eine Verbindung, die nicht mühsam hergestellt werden muss, sondern da ist und nur erinnert zu werden braucht. Im offenen Wasser – im Fluss, See oder Meer – fühle ich mich Zug um Zug in ein anderes Verhältnis zur Natur gesetzt: zu den Flusslandschaften, den spärlichen Bäumen am Baggersee, den vegetationslosen Felsen und Sandrücken am Strand, zum Wasser um mich herum. Es ist eine schwer zu beschreibende Mischung von Nähe und Entfernung im Moment des Schwimmens selbst, leicht entrückt und zugleich unmittelbar. Es sind ganz andere Proportionen und Perspektiven. Doch am Ende, wenn ich aus dem Wasser steige, spüre ich die tiefe Befriedigung, nicht nur das Richtige getan zu haben, sondern auch im richtigen Verhältnis zu stehen zur Natur, zu dem, was an Land auf mich wartet, zu mir selbst bis in jede Faser meines Körpers. Ich bin da, wo ich sein sollte. Im Lot.

Jetzt wäre der Moment für die Hymne des Schwimmens, aber ich will sie hier nicht Strophe für Strophe absingen, darum nur der Refrain in dürren Worten: Im Wasser verflüssigt sich die menschliche Hybris und Selbstüberschätzung. Der Respekt vor dem Element und die Verhältnismäßigkeit der eigenen Kräfte balancieren sich aus. Eine Art Bescheidenheit, wenn nicht sogar Demut stellt sich ein. Und der tägliche Ärger, der Druck, die Probleme, alles, was an Land so wahnsinnig groß und wichtig daherkommt, erscheint auf einmal im richtigen Maß.

Die Kurzversion in einem Satz: Das Schwimmen setzt einen nicht nur ins richtige Verhältnis zur Natur, es relativiert alles im Leben.

Schwimmen ist das beste Korrektiv, auch für die Irrtümer und Abwege am Schreibtisch, und die werden im Laufe eines Schriftstellerlebens leider nicht weniger, sondern mehr. Denn auch das gehört zu den vielen Paradoxien dieses Berufs: Je größer die Erfahrung, je mehr man geschrieben hat, desto schwieriger wird's.

Damit bin ich beim vierten und letzten Teil meiner Geständnisse. Ja, manchmal wünsche ich mir die Zeit zurück, in der ich noch Regen machen konnte. Damals, auf meinen ersten Lesereisen Ende der Neunzigerjahre, war die Welt – die literarische wie die natürliche – auch schon nicht in Ordnung. Aber sie schien wenigstens nicht ganz so schlimm in Unordnung zu sein wie heute. Wasser war reichlich vorhanden, an Wolkenknappheit und Dürre noch kein Gedanke. Das Politische war das eine und das Poetische etwas ganz anderes. Sie wurden nicht als zwei Seiten derselben Medaille angesehen, sondern als verschiedene Welten.

Ich erinnere mich an so manches Gespräch seinerzeit am Signiertisch über den Gegensatz von Politik und Poesie. Am tiefsten eingeprägt haben sich mir die Kommentare einiger Leserinnen, die darüber staunten, wie viel Natur in meinen Büchern beschrieben sei, um dann im Ton höchster Verwunderung hinzuzufügen, »und dabei sind Sie noch so jung!« (Es war, wie gesagt, Ende der Neunzigerjahre.)

Diesen Satz habe ich mindestens ein Dutzend Mal in verschiedenen Städten, mit mehr oder weniger dicken Ausrufezeichen zu hören bekommen. Er scheint mir in vielerlei Hinsicht bemerkenswert. Zunächst einmal, weil er aus tiefstem Herzen kam. Die Überraschung, dass »junge Menschen« über Natur schreiben – statt über Partys und Partnerschaftssuche in Großstädten –, war ganz und gar echt, so als wäre Naturbeschreibung nur etwas für Leute, die einen eigenen Garten haben oder zumindest Blumenkästen auf dem Balkon. Doch wahrscheinlich steckte noch mehr dahinter. Ich möchte den Betreffenden nichts unterstellen, aber vermutlich hatte ihre positive Überraschung über die Kombination »jung« und »naturnah« damit zu tun, dass sie Naturbeschreibung für etwas Unpolitisches hielten und im besten Fall für zeitlos, meist aber für unzeitgemäß, sprich: »altmodisch«.

Mit diesem Gefühl, Jungautor eines alten Romans zu sein, kam ich nach Oldenburg, die Stadt meiner Schulzeit, in der es anlässlich meiner Wasser-Lesung in Strömen regnete, so wie es all die Schuljahre zuvor geregnet hatte. Zum Signieren stellte sich denn auch meine vormalige Deutschlehrerin an, eine politisch sehr engagierte, trotz Schuldienst beeindruckend jung gebliebene Person. Als sie an die Reihe kam, reichte sie mir mit einer Miene zwischen pädagogischem Wohlwollen und liebevollem Tadel eine Kopie von Bertolt Brechts Gedicht »An die Nachgeborenen«, das wir, wie ich mich vage erinnerte, in der Mittelstufe durchgenommen hatten. »Was sind das für Zeiten«, heißt es darin mit Blick auf die Nazi-Diktatur Ende der Dreißigerjahre, »wo ein Gespräch über Bäume fast ein Verbrechen ist, weil es ein Schweigen über so viele Untaten einschießt?« – Als meine Deutschlehrerin mir das wieder vorlegte, fühlte ich mich ertappt.

Natürlich überspielte ich meine Verlegenheit, so gut es ging, flüchtete mich in ein paar Wiedersehensfloskeln und eilte schließlich durch den Oldenburger Regen ins Hotel mit dem schlechten Gewissen, zu viel über Bäume und zu wenig über die Zeiten geredet zu haben. Heute würde ich meine Deutschlehrerin zu einem Spaziergang im Wald und am Wasser einladen, trockenen Fußes auf trockenem Boden, und das Brecht-Gedicht auf den Kopf stellen: »Was sind das für Zeiten, wo das Schweigen über Bäume fast ein Verbrechen ist, weil es ein Gespräch über so viele Untaten ausschließt.«

Der Titel dieses Gedichts müsste freilich lauten: »An die Zeitgenossen«.

SCHWIMMEN UND SCHREIBEN

Über den Autor als Amphibium

Es ist mir noch nie leichtgefallen, über das Schreiben zu schreiben. »Wie schreiben Sie?«, ist die Frage, die ich nach Lesungen immer am meisten fürchte. Jeder Profi hätte mittlerweile längst die passende Antwort parat, zumal diese Frage Abend für Abend mit tödlicher Sicherheit kommt. Trotzdem bringt sie mich regelmäßig in Verlegenheit. Eine Zeit lang war ich dazu übergegangen, mir intelligent klingende Repliken im Voraus zurechtzulegen, von denen ich aber im Ernstfall nie eine einzige über die Lippen gebracht habe. Inzwischen akzeptiere ich das allabendliche Verstummen und die leichten Schweißausbrüche in der Rollkragengegend als mein Schicksal. »Wie schreiben Sie?«, ist meine klassische Angstfrage.

Um die Peinlichkeit nicht jedes Mal ausufern zu lassen, habe ich mir angewöhnt, schnell das Thema zu wechseln. Ein, zwei Bemerkungen, und ich gelange vom Schreiben scheinbar zwanglos zum Schwimmen. Ich ziehe Parallelen zwischen der Endlosigkeit des glatten, kachelblauen Wassers vor dem Startsprung und den langen Strecken weißen Papiers am Anfang eines Romans. Ich vergleiche den berühmten ersten Satz mit dem Moment, in dem ein Schwimmer zum ersten Mal spürt, wie das Wasser geht. Es ist der Augenblick, in dem man die Geschichte unter den Händen spürt und plötzlich weiß, wie sich die bevorstehende Strecke dem Rhythmus von Atem und Bewegung fügen wird. Alles ist darin enthalten, auch die Angst vor der Erschöpfung und das Gefühl des Angewiesenseins auf eine Gunst, die größer ist als man selbst.

Was also braucht man zum Schreiben? Dasselbe wie zum Schwimmen: vor allem Kondition und Disziplin. Soweit das Gelingen eines Satzes oder einer Strecke überhaupt von einem selbst abhängt, sind das die Voraussetzungen. Dabei ist die Kondition, die das Schreiben erfordert, sehr viel körperlicher und die Disziplin beim Schwimmen sehr viel geistiger, als man glaubt. Man braucht nicht nur einen eisernen Willen, um drei oder fünf Kilometer Wasser im Freistil zu durchpflügen. Man muss sich dem Wasser widmen mit einer Hingabe und inneren Beharrlichkeit, wie sie eine große Geschichte von ihrem Erzähler verlangt. In diesem Sinne denke ich nach über das Schreiben als Schwimmen und das Schwimmen als Schreiben, bis ich den Unterschied selbst nicht mehr kenne und mir nur noch wünsche, ich würde noch einmal eintauchen können in den Strom der Worte und Bewegungen, in die

Unterwasserwelt der Figuren und des Atems, der sie lebendig macht.

Am Anfang ist immer das Eintauchen, der Wechsel von einem vertrauten Element in das andere, fremde. Es wäre gelogen, wenn ich sagen würde, dass es mich keinerlei Überwindung kostet. Im Gegenteil. Sich hineinzubegeben in die Welt des Wassers oder einer Geschichte, heißt auch immer, Abschied zu nehmen von dem Leben, das man im Augenblick gerade lebt. Und dieser Abschied fällt nicht immer leicht. Oft muss man sich losreißen von den Menschen und Annehmlichkeiten, die einen umgeben. Es gibt vieles, was man lieber täte, denn das Element des Schwimmens und des Schreibens kennt vom Augenblick des Eintauchens an keine Rücksichten mehr. Man ist ihm ausgeliefert, ganz und gar.

Das Element des Schreibens und des Schwimmens ist ein eifersüchtiges Element. Es duldet keine andere Nähe als die zu den Figuren seiner Geschichte oder zum Wasser selbst. Und es gilt darin kein anderes Glück als das Gelingen eines Satzes oder einer Bahn.

Jeder, der ernsthaft schwimmt oder schreibt, hat Angst vor dem, was er tut. Ihm begegnet auf den langen Strecken jedes Mal die Möglichkeit des Scheiterns, des völligen Untergangs. Und da es im Wasser wie auf dem Papier niemanden gibt, keine Menschen außer denen, die man in sich trägt, kann einem auch niemand zur Hilfe kommen. Jeder Schwimmer weiß das. Er weiß, dass er vom Moment des Eintauchens an mit dem Wasser allein ist, und er kann nur hoffen, dass es ihn trägt. Er weiß, dass er seinen ganzen Willen zusammennehmen muss, um in diesem Element zu bestehen, und er weiß auch, dass das nicht reicht. Letztlich ist es der Gunst des Wasser zu verdanken, wenn sich dieser Wille in Bewegung verwandelt und er mit schnellen, geschmeidigen Zügen durch das Becken gleitet, so als gäbe es keinen Widerstand zwischen dem Wasser und seiner Bewegung, so als wären Schwimmen und Geschwommenwerden eins.

Die Angst schreibt und schwimmt immer mit. Und wenn man täglich das tut, wovor man am meisten Angst hat, wird man irgendwann süchtig danach. Man wird süchtig nach dem Besiegen seiner Angst. Und ohne diesen täglichen Sieg kann man auf einmal nicht mehr in den Spiegel schauen.

Wie ein Süchtiger plane ich meine Tage. Ich schiebe sämtliche Reisen und Termine so, dass immer eine Lücke entsteht für meine Sucht, für die zeitlosen anderthalb Stunden, in denen ich nicht dem Alltag, sondern dem Wasser gehöre. Bis es so weit ist, finde ich keine Ruhe. Ich bin nervös und angespannt – unmöglich zu sagen, ob es eine Art von Ungeduld oder Vorfreude ist oder einfach nur die Angst, heute im Wasser nicht zu bestehen.

Ich versuche, mich zu beherrschen, und erkundige mich an der Hotelrezeption in möglichst unaufgeregtem Ton nach dem nächstliegenden Schwimmbad. Mit zittrigen Fingern fahre ich über den Stadtplan und folge dem Weg zum Wasser. Glasfassaden, 70er-Jahre-Architektur. Ich betrete den Eingangsbereich der Schwimmhalle. Der Geruch von Chlordunst und Ammoniak schlägt mir entgegen. Schwüle, schweißige Luft.

Ich zahle und passiere das Drehkreuz. Das Geschrei von Kindern im Wasser, anschlagende Sprungbretter, das Platschen eintauchender Körper. Mit einem Ohr versuche ich herauszuhören, wie voll das Becken heute sein wird, was für Revierkämpfe mich diesmal erwarten, bis ich ein Stück Einsamkeit im Wasser erobert habe und verschmelzen kann mit meiner Bahn. Währenddessen ziehe ich mich aus und hänge meine Kleidung auf den torsoförmigen Bügel – Jacke, Pullover und Hose, die ganze äußere Hülle. Ich schließe sie ein und gehe barfuß die gekachelten Gänge hinunter, den Geräuschen des Wassers entgegen.

Es ist stickig in den Duschräumen und Zwischengängen, doch ich friere. Ich fühle mich wie gehäutet. Das Herz schlägt mir bis zum Hals. In den Eingeweiden eine Angst wie vor Wettkämpfen, so als hätte ich ein großes Finale zu bestreiten und eine Zeit zu schwimmen, die im Wasser von mir bislang unerreicht war. Nichts dergleichen ist der Fall. Es geht um nichts, ich sage mir das, aber es beruhigt mich keineswegs. Ich bin verloren in einer Fuge zwischen zwei Welten, zwischen der Festigkeit des Tages und den Unwägbarkeiten des Wassers, ein Amphibium im Übergang.

Unter meinen Händen die Armaturen der Vordusche. Ich drücke einen Knopf und lasse das kalte Wasser auf mich niederprasseln. Es trifft hart auf Kopf und Schultern und rinnt mit flüssigen Fingern an mir herab. Ich habe das Element noch nicht gewechselt. Noch umgibt mich das Wasser nicht. Tropfend lege ich die letzten Meter zurück. Meine klatschenden Schritte auf dem Weg zum Beckenrand. Ich schaue auf das Wasser, das unverwandte Blau, die unruhig verzitternde Oberfläche. Neben einem Startblock bleibe ich stehen. Ich setze meine Chlorbrille auf und drücke sie tief in die Augenhöhlen. Mein Atem beschleunigt. Ich gehe in die Hocke, die Zehen am Beckenrand festgekrallt. Eine Sekunde des Innehaltens wie für einen unhörbaren Schuss. Dann ist es so weit. Ich springe. Und schreibe.

Es ist immer dieselbe Angst, die überwunden werden will – beim Schwimmen wie beim Schreiben. Ich kenne sie sehr gut. Aber ich könnte nicht sagen, woher sie eigentlich kommt. Mir scheint, sie war immer schon da. Seit ich denken kann. Sie schwimmt und schreibt mit auf jeder

Bahn, bei jeder Zeile. Sie ist zu meiner engsten Vertrauten geworden. Ich würde sie vermissen, wenn sie nicht mehr da wäre.

Es ist keineswegs so, dass diese Angst vorm Schwimmen und Schreiben mit der Zeit ihre Bedrohlichkeit eingebüßt hätte. Sie kann mir noch immer sehr gefährlich werden, und zuweilen lässt sie mich das spüren. Aber ich habe gelernt, mit dieser Gefahr zu leben. Inzwischen weiß ich, dass Angst auch nur eine Art ist, sich zu spüren, beinahe wie Glück. Und vielleicht ist dies die dritte Voraussetzung fürs Schwimmen und Schreiben, neben Kondition und Disziplin. Vielleicht ist Angst die eigentliche Gabe des Schreibens oder das Schreiben eine besondere Begabung zur Angst.

Wie also schreibe ich? Ich schreibe, wie ich schwimme, indem ich die Angst aufsuche, jeden Morgen, jeden Tag. Ich tauche ein in ihre Geschichten und Gedanken. Ich spüre unter der Wasseroberfläche ihren Figuren und Verwandlungen nach. Jeden Tag, jeden Morgen schreibe und schwimme ich so lange, bis mir ganz leicht wird vor Angst und sie mich mit ihrer unfassbaren Vertrautheit umgibt. Ich schreibe und schwimme für die lichten Momente des Schreckens und ihre bitterzarte Schönheit, wenn sich die Angst ganz behutsam über alles legt und die Dinge aus der Vergessenheit hebt.

VOM LIEBESLEBEN DER KACHELZÄHLER

Oder Die Frau auf der Nebenbahn
Zur Eröffnung der Freibadsaison

Nirgendwo verliebe ich mich so leicht wie im Wasser. Andere Menschen mag es beim Einkaufsbummel, im Straßencafé oder im Kino treffen – mir passiert es beim Schwimmen, und zwar regelmäßig. Gerade dieses Frühjahr beweist es wieder. Beim Schwimmen bin ich besonders sehnsuchtsanfällig.

Dabei tue ich alles, um diese flüchtigen Verliebtheiten zu vermeiden. Schon von Kindesbeinen an. Meine ganze Schwimmerlaufbahn war und ist im Grunde nichts anderes als eine einzige Verliebtheitsvermeidungsstrategie. So habe ich mich zum Beispiel schon sehr früh fürs Kraulschwimmen entschieden. Und warum? Weil es praktisch unmöglich ist, sich beim Kraulschwimmen in jemanden zu verlieben. Von allen Schwimmstilen dieser Welt und ihren wundersamen Abwandlungen ist Kraulschwimmen mit Sicherheit der unkommunikativste. Schon allein deshalb, weil man den Kopf die meiste Zeit unter Wasser hat. Während man beim Brustschwimmen spaßig von Bahn zu Bahn miteinander plauschen und vielleicht auch flirten kann, gestaltet sich dies beim Kraulschwimmen schwierig. Die Sekundenbruchteile, während derer man beim Kraulen den Kopf zur Seite wendet, eignen sich kaum zur Konversation und sind im Übrigen dem Luftholen vorbehalten.

Desgleichen der Blick. Der Brustschwimmer hat in der Regel das gesamte Becken im Visier. Der Rückenschwimmer schaut in den Himmel und orientiert sich vage am Flug der Vögel. Auch er sieht etwas von der Welt. Wohingegen der Kraulschwimmer die meiste Zeit seines Lebens auf die tiefblauen Bahnmarkierungen am Beckengrund starrt. Entgegenkommende Körper nimmt er meist nur schemenhaft wahr. Mal als formlosen Schatten inmitten von Lichtrauten, mal begegnet ihm ein Arm oder Bein von der anderen Bahn. Fleischfarbene Extremitäten tauchen unvermittelt vor seiner Chlorbrille auf. Doch all das nur flüchtig und wie aus einer anderen Welt, weil unter Wasser alles ein wenig größer wirkt und die Wahrnehmung des Kraulschwimmers dank seiner Chlorbrille ins Kubistische spielt.

Dem gegenseitigen Kennenlernen sind auch die Kollisionen wenig dienlich, die Kraulschwimmern häufiger widerfahren als anderen Badegästen. Dabei nimmt ein Kraulschwimmer an sich weniger Platz ein als die Kollegen vom Brust- oder Rückenfach. Erstere schwimmen in die Länge, Letztere vor allem in die Breite. Gerade die am harmlosesten wirkenden Brustschwimmer sind aufgrund ihrer bahnensprengenden Beinschere unter Fachleuten sehr gefürchtet. Friedlich wie Bojen dümpeln sie im Becken, doch unter der Oberfläche ergreifen sie mit Macht die Wasserhoheit, wenn es darum geht zu treten, ohne getreten zu werden.

Seiner platzsparenden Stromlinienform zum Trotz neigt gerade der Kraulschwimmer zu Badeunfällen. Denn Geradeausschauen ist schwierig, und seine Seitenblicke sind von kurzer Dauer. Bevorzugte Unfallpartner sind daher die Himmelsgucker in Rückenlage. Doch auch gelegentliche Kollisionen machen das Kraulschwimmen nicht kommunikativer. Ich spreche aus jahrzehntelanger Wassererfahrung, wenn ich sage, dass aus diesen mitunter sehr schmerzhaften Begegnungen noch nie eine Freundschaft erwachsen ist.

Um auch die letzten Zweifel an meiner Verliebtheitsvermeidungsstrategie auszuräumen, muss ich noch hinzufügen, dass ich nie ein Freund der Liegewiese war. Während meine Schulkameraden von einst den Freibädern mit Liegewiese einen Großteil ihrer sexuellen Aufklärung verdanken, habe ich das Schwimmbad stets nur zum Schwimmen betreten. Zu keiner Zeit meines Lebens habe ich müßig am Beckenrand herumgelümmelt und biologischen Anschauungsunterricht genossen. Weder an Land noch im Wasser. Ich habe tagaus, tagein nur meine Bahnen gezogen und mich in blickdichten Einzelkabinen umgekleidet.

Dass man mich im Schwimmverein nur noch den »Kachelzähler« nannte, habe ich mit Gleichmut hingenommen und anstandslos weiter meine Kacheln gezählt. Mich trifft wahrlich keine Schuld.

Trotzdem passiert es immer wieder. Es passiert auf den langen Bahnen, nach ein, zwei Kilometern Kraul. Aus der Zwiesprache, die der Körper mit dem Wasser hält, ist längst ein Monolog geworden. Alles ist eins: Wasser, Bewegung und Atem. Der stetige Rhythmus des Beinschlags, das mühlradartige Schaufeln der Arme und der ins Wasser gekeuchte Atem sind nur noch eine Wiederholung ihrer selbst. Ich bewege mich wassergleich.

Dann, plötzlich, auf der Bahn neben mir, die weißschäumenden Luftwirbel eines fremden Beinschlags im makellosen Blau. Nur aus den Augenwinkeln sehe ich einen dahingleitenden Schatten, der nach Wasser greift, und quellenden Atem aus einem unsichtbaren Mund. Und wie aus großer Entfernung spüre ich auf einmal die Wellen und Wasserspritzer einer verwandten Bewegung auf meinem Rücken. Ein Schauer durchläuft mich bis zu den Zehenspitzen: Ich bin nicht allein.

Manchmal schwimmen wir eine gute halbe Stunde nebeneinander her, die Frau auf der Nebenbahn und ich. Zuweilen kommt es zu einem kurzen Zwischenspurt aus purer Lust an dem Vergleich von Kraft und Schnelligkeit. Doch dann schwimmt jeder wieder seine vorbestimmte

Bahn in dem einen immer gleichen Rhythmus, der sich im Zusammenspiel von Körper und Wasser eingewaschen hat. Für uns beide gibt es nur noch die eigene Zahl und Qual auf den Strecken, die so endlos sind, dass man das Zählen fast vergisst. Und es bleibt nichts von dieser so sehr möglichen Nähe: nur die langen, immer wieder im Wasser gewälzten Gedanken, was wäre, wenn. Es bleibt das Gefühl, dass es immer dieselbe Frau ist, die neben mir schwimmt, und das Wissen, dass dem nicht so sein kann.

Ich habe noch nie ein Wort mit ihr gewechselt, mit der Schwimmerin, die sich auf den langen Strecken für eine unabzählbare Zeit zu mir gesellt. Ich habe sie noch nie länger als einen Atemzug angesehen. Doch ich würde ihre Bewegungen im Wasser mit verbundenen Augen erkennen, ebenso sicher, wie ich die Stille und Verlorenheit spüre, wenn ich mich am Ende nach ihr umsehe, und sie ist nicht mehr da.

In diesen Tagen beginnt die Freibadsaison. Nach einem langen Winter in stickigen Hallenbädern geht es hinaus auf die offenen Bahnen voller Luft und Licht. Ich freue mich darauf, den Himmel im Wasser zu spüren. Ich freue mich auf die einsamen Stunden im Schwimmbad, wenn anhaltender Regen das Becken überzieht und mir über den Rücken streicht. Und ich weiß, wenn ich nur lange genug schwimme, wird sie irgendwann zu mir kommen. Ich werde die Augen schließen, und sie wird da sein, neben mir.

QUO VADIS, BADEHOSE?

Männer sind merkwürdige Menschen. Je näher ein Kleidungsstück der eigenen Haut kommt, desto weniger Sorgfalt lassen sie walten. Das gilt selbst für die modebewusstesten Vertreter der männlichen Spezies. Auch wenn sie sich Anzüge in der Preislage eines Mittelklassewagens schneidern lassen und lieber einen guten Freund verlieren, als neben jemandem zu stehen, dessen Krawatte farblich nicht zu ihnen passt – bei Unterhemd und Unterhose endet das Prestigedenken abrupt. Kleidung ist in Männeraugen nur das, was man sieht. Sie ist – um im Bild zu bleiben – die Karosserie, Unterwäsche ist dagegen schon ein Teil des Motors, ein sehr vernachlässigter Teil, nebenbei bemerkt.

Zwar hat sich in den letzten Jahren einiges getan auf den Plakatwänden dieser Welt. Männliche Models posieren träumerisch in Feinrippstrick und Boxershorts. Waschbrettbäuche, maskuline Lenden und pralle, halbmondförmige Pobacken zieren mittlerweile jede U-Bahn. Doch an der genetischen Ignoranz des Mannes gegenüber seiner

Unterkleidung hat das reichlich wenig geändert. Die Lockungen der Reklame richten sich überwiegend an die weibliche Käuferschaft. Mütter, Ehefrauen und Freundinnen stürzen sich auf die Wühltische. Jahraus, jahrein verschenken sie textilen Sexappeal bei jeder erdenklichen Gelegenheit und ernten dafür wenig Dank. Der wahre Mann trennt sich nur widerwillig von seinen lieb gewonnenen Leibchen.

Warum dieser Ausflug in die männliche Intimphilosophie? Nun ja, es wird Sommer. Die Strände bevölkern sich, die Liegewiesen der städtischen Freibäder werden von Lärm und Leibern heimgesucht, am Beckenrand flaniert das Fleisch. Viel blasse Haut kommt zum Vorschein. Nach den dunklen Monaten drängen die Körper ans Licht. Und einmal mehr bewahrheitet sich die traurige Erkenntnis, dass die Badehose vielfach über den Status einer Unterhose nicht hinausgekommen ist.

Wenn man sich ernsthaft in das Phänomen der Badehose vertieft, nehmen die Absurditäten kein Ende. Aberwitzig ist schon allein die Vorstellung, ein Mann könnte morgens vor dem Kleiderschrank stehen und sich fragen: »Welche Badehose ziehe ich heute bloß an?« Die meisten Artgenossen, die ich kenne, besitzen nur eine. Und sie bleiben ihr treu bis ans Ende ihrer Tage. Gerade in Sachen Badehosen herrscht unter Männern eine erstaunliche Monogamie.

Von einer Bademode für Männer zu sprechen, wäre daher die Übertreibung des Jahrhunderts. Das Gegenteil ist der Fall. Die Badehose ist als erotisches Accessoire noch nicht entdeckt. Im Unterschied zum Bikini, der nach seiner skandalumwitterten Eroberung der Badestrände längst zum sekundären Geschlechtsmerkmal avanciert ist.

Der Bikini hat das Zeug zum Fetisch, nicht nur wegen seiner Freizügigkeit. Modedesigner und Statiker brüten über der vollkommenen Architektur des Bikini-Oberteils. Sie träumen den uralten Menschheitstraum von der Trägerlosigkeit, während sich die Kollegen Verpackungskünstler über das Bikini-Höschen hermachen, um das weibliche Bein durch immer raffiniertere Hüftausschnitte ins Unendliche zu verlängern. Der Bikini basiert auf dem Prinzip der optischen Täuschung. Er scheint Nacktheit zu präsentieren und besteht doch in der hohen Kunst des Ausschnitts. Sein Bekenntnis zur Haut ist nur die eine Seite, die andere ist Geheimnis und Verheißung.

Verglichen mit dem Bikini – dieser freizügigen Prinzessin der Sommererotik – ist die männliche Badehose der ungeküsste Frosch unter den Strandartikeln. Sämtliche Versuche, ihre Unterhosen-Gleichheit zu verleugnen und sie stattdessen mit Raffinesse und Geheimnis auszuschmücken, sind an ihr abgeperlt wie Wasser an einer Regenhaut.

Dabei ist sie in gewisser Weise das älteste Kleidungsstück der Welt. Die erste Badehose wurde im Paradies getragen. Sie präsentierte sich im Feigenblatt-Design und war biologisch abbaubar, ansonsten hat sich seitdem kaum etwas geändert.

Das Fazit eines solchen Rückblicks ist vernichtend: Die Kulturgeschichte der Badehose zeigt im Grunde nur den Stillstand. Gelegentlich wird eher lustlos die Beinlänge variiert und der Hüftsteg entsprechend verbreitert oder verknappt. Halbherzig wirken all diese Experimente, und sie bleiben denn auch irgendwo im Spektrum zwischen Stringtanga und Radlerhose stecken.

Für die Adepten der ewigen Jugend stehen als Ausweichmöglichkeit noch die Boxershorts mit Bauchkordel bereit, die sich auch bei rundlicheren Hüften knapp oberhalb der Gesäßfalte festknoten lassen. Ein, zugegeben, schwacher Trost. Und nur Exzentriker versuchen es zuweilen mit dem Badeanzug für den Mann. Tapfer strahlen sie in ihren Ganzkörpertrikots gegen die eigene Lächerlichkeit an, lassen den Bizeps spielen zum Beweis ihrer Männlichkeit und rufen doch nur Strampelanzug-Assoziationen hervor. Besonders überzeugend ist das alles nicht. Quo vadis, Badehose? Diese Frage muss man sich seit der Vertreibung aus dem Paradies gefallen lassen.

Hilfe kommt vom Körperkult. Wie um die Schmach der ewig uninspirierten Badehose wettzumachen, wird in den Fitness-Centern und Muckibuden jahraus, jahrein für die kommende Badesaison gerackert. Der Strand wird zum Laufsteg. Das große Prêt-à-porter der Körper bahnt sich an. Welche Hose man dabei trägt, ist letztlich wurscht, Hauptsache: Man(n) trägt sich selbst zur Schau.

Denn eines hat die Allgegenwart der Werbung rund ums männliche Hinterteil erreicht: Männer kaufen zwar noch immer keine Unterhosen, doch sie arbeiten verstärkt am eigenen Leib. Die Vermodellung des Mannes schreitet rapide fort. Kaum jemand, der sich länger dem Vergleich mit den strammen Hintern, Waschbrettbäuchen und Trapezmuskeln seiner bildgewordenen Artgenossen entziehen kann. Wir schreiben zwar nicht die Zeit der Rückkehr zu Arnold Schwarzenegger, aber auch der weichfleischige Softi hat als Image ausgedient. Gefragt ist der Mann mit Muskeln und Hirn. Und da man Hirn am Badestrand so schlecht erkennen kann, stählt sich die Männerwelt für ihren sommerlichen Auftritt. Der Mann von heute trägt wieder Körper, soweit er sich nicht unter dem Banner des gestressten Familienvaters von vornherein aus jeder erotischen Konkurrenz verabschiedet.

Für die einen ist es das große Schaulaufen, für die anderen der vorprogrammierte Kulturschock, wenn nun die Freibäder und Badeseen rufen und der strandumsäumte Sommerurlaub näher rückt. Hinter seiner Badehose wird man sich nicht verstecken können, so viel ist sicher. Der Männerkörper ist längst ein Teil der allgemeinen Fleischbeschau, so will es die Werbung weltweit, und wehe dem, der den gestiegenen Erwartungen der weiblichen Voyeure nicht gerecht wird! Anspruchsvoll sind sie geworden, die so ausgiebig beschauten Zuschauerinnen. Pardon wird nicht gegeben.

Wer sich den kritischen Blicken der holden Weiblichkeit nicht gewachsen fühlt, für den folgen nun ein paar Worte der Lebenshilfe. Die gebräuchlichste Ausrede für die Badehosen-Verweigerer unter den Männern ist die Sonnenallergie. Sie hat zwar nicht gerade die Wirkung eines Aphrodisiakums, weckt aber Mitleid und Verständnis beim anderen Geschlecht. Schlabber-T-Shirt statt Körperschau, das kann unter Umständen eine Lösung sein.

Ansonsten hilft nur eine angeborene Unempfindlichkeit. Wem die Form fehlt, der braucht unbedingt ein dickes Fell. Patentwürdig ist auch die Fähigkeit von Männern im sogenannten besten Alter, so zu tun, als wären sie nur Auge. Sehen, ohne sich selbst zu sehen – *to see and not to see* –, das zeugt von einer gesunden Ignoranz. Allerdings ist dieser Vorzug, andere zu begutachten, ohne den eigenen Körper kritisch in Betracht zu ziehen, wie so viele patriarchale Privilegien vom Aussterben bedroht.

Die letzte Rettung ist das Wasser. In den bewegten Fluten ist es möglich, die eigene Körpermuffeligkeit zum Verschwinden zu bringen. Auch das ist Strandflucht, aber eine Flucht nach vorne. Man kommt mit einem Wasserratten-Image durch den Sommer und kann auf diese Weise nachholen, was man in der körperlosen Jahreszeit versäumt hat: viel Bewegung!

Und die Badehose? Vielleicht gibt es sie nur noch den FFK-Fanatikern zum Trotz. Der neuzeitliche Lendenschurz hat die Nudisten überlebt. Inzwischen sind die Nacktbadestrände vergreist, und die einstigen Apostel der Blöße schmoren in ihrem welken Fleisch allein. Die Badehose wird darum nicht wirklich geliebt, aber sie ist inzwischen unumstritten. Nicht als erotisches Ereignis, sondern als Notwendigkeit. Kümmert euch nicht um das Kostüm, heißt die Devise, jeder Mann ist sein eigenes Bühnenbild!

Die Badehose also hält sich dezent zurück. Funktional soll sie sein und schlicht. Weder Blickfang noch Blendwerk, sondern eine Form von Sichtschutz, der die Aufmerksamkeit auf das Eigentliche lenkt: die durchtrainierten Bauchpartien und wohlgeformten Schenkel. Auf den Körper kommt es an. Entscheidend ist wie immer im Leben nicht die Karosserie, sondern der Motor. Damit schließt sich der Kreis. Das Schöne am Mann ist die Maschine, und die Badehose ist nur ein kleiner Teil davon, ein sehr vernachlässigter Teil, nebenbei bemerkt.

DIE DINGE DES LEBENS: MEINE CHLORBRILLE

Fast alle Probleme im Leben lassen sich durch Schwimmen lösen. Das ist den meisten Menschen nicht klar. Einige versuchen es mit Alkohol, obwohl die Alkohol-Löslichkeit der meisten Probleme umstritten ist. Die Wasserlöslichkeit vieler Lebensfragen hingegen ist unumstritten, wenn auch sehr wenig bekannt. Sonst hätten die Schwimmbäder durchgehend geöffnet.

Ich habe fast alle meine Probleme durch Schwimmen gelöst. Die mit Abstand schwierigste Phase meines Lebens, die man gemeinhin mit dem deprimierenden Wort »Pubertät« bezeichnet, habe ich praktisch im Wasser verbracht. Das war, wenn ich an den Chlorgehalt der Hallenbäder denke, nicht sonderlich gut für die Haut. Aber Pubertät ist so oder so nicht sonderlich gut für die Haut. Da schaden zwei Stunden Chlorwasser täglich auch nicht mehr. Im Gegenteil: Unter Wasser fielen meine Hautprobleme wenig ins Gewicht. Schwimmen erwies sich wieder einmal als die Lösung. Ich genoss es, für die Dauer der betreffenden paar Jahre weitgehend untergetaucht zu sein.

Noch heute ist mir das Wasser ein beständiger Ort der Zuflucht. Es gibt in diesem Leben keinen Ärger, den man nicht mit anderthalb Stunden Kraulschwimmen aus der Welt schaffen könnte. Das Einzige, was wirklich zählt, sind die Grenzen der eigenen Physis und die Lust, sie zu überschreiten, jeden Tag ein kleines Stück. Bürostress und Beziehungsknatsch verschwinden in dem gleichförmigen Rhythmus von Wasser, Bewegung und Atem. Was bleibt, ist die tiefe Befriedigung, unterwegs nicht ertrunken zu sein.

Das einzige Problem, das sich hartnäckig als wasserresistent erweist, ist meine Chlorbrille. Sie ist der Gegenstand, dem ich in Hassliebe verbunden bin. Ich habe täglich mit ihr zu tun, gehe nirgendwohin ohne sie und verzweifle doch immer wieder daran.

Meine Chlorbrille ist ein äußerst launisches Gerät. Mal beschlägt sie dermaßen, dass ich kaum die Bahnmarkierung am Beckengrund erkennen kann. Mal leckt sie und lässt mehrere Milliliter Wasser ein, die mir beim Luftholen regelmäßig über die Bindehaut schwappen. Die Chlorbrille ist meine größte Sorge auf den langen Strecken. In der Hierarchie der Störfälle steht sie an erster Stelle noch vor Hai-Attacken.

Vielleicht sollte ich hinzufügen, dass ich einigermaßen kurzsichtig bin. Kaum hatte ich die hormonellen Auswüchse der Pubertät hinter mir, gefiel es den Tücken der

Biologie, meine Sehschärfe zu dezimieren. Die Hautprobleme verschwanden aus meinem Gesicht, ein Brillengestell tauchte auf. Insofern waren Brillen für mich schon immer die optischen Stellvertreter von Akne vulgaris.

Mit meiner Chlorbrille hat es indessen seine besondere Bewandtnis. Unter Wasser vergrößert sie die Dinge. Es kommt vor, dass mir beim Kraulen riesige Flossen durchs Gesichtsfeld fahren, das sind – ich kann es selbst kaum fassen – meine Hände in anderthalbfacher Ausdehnung. Hinzukommen die enormen Füße benachbarter Brustschwimmer, die käsig und dunkel beflaumt in das Blau meiner Strecke hineinragen. Sämtliche Frauenbeine, die sich strampelnd neben mir bemühen, scheinen von Elefantitis befallen. Und gelegentlich schiebt sich rückenschwimmend ein gigantischer Torso auf mich zu. All das sind zutiefst beunruhigende Wahrnehmungen aus der Unterwasserwelt. Und vielleicht ist meine Chlorbrille deshalb so gnädig, sich schon nach wenigen Hundert Metern mit grauen Dunstschleiern einzutrüben oder meinen Blick durch einträufelndes Wasser ganz und gar verschwimmen zu lassen.

GLÜCKLICH

Was hat Sie in letzter Zeit zum besseren Menschen gemacht?

Es geschah auf einer Lesung in der Nähe von Frankfurt; der genaue Ort tut nichts zur Sache, trägt aber den lyrischen Namen »Bruchköbel«, was eine Erwähnung wert ist. Ich war gerade mit dem Vorlesen fertig und schaute in Erwartung der ersten Frage in die Runde, als sich in den hinteren Reihen jemand zu Wort meldete. Freudig winkte ich ihm zu. Vielleicht muss ich ergänzen, dass ich zu den wenigen Autoren gehöre, die das Gespräch auf Lesungen sehr schätzen, vor allem dann, wenn ich es nicht alleine bestreiten muss. Ich winkte also freudig, wie gesagt, doch es kam nicht etwa irgendeine Frage, sondern die Frage schlechthin: »Wie schnell schwimmen Sie auf dreitausendfünfhundert Meter?«

Ich schluckte erst einmal und sagte nichts. Schnell schwimmen war früher meine größte Ambition gewesen und Zeit das Maß aller Dinge. Sie entschied über Freude oder Frustration. Während meines Aufenthalts in den USA gab es Teamkollegen, die sich ihre Bestzeiten auf ihre T-Shirts drucken ließen, und auch mir stand meine Zeit gewissermaßen auf die Stirn geschrieben. Mein ganzes Selbstwertgefühl hing davon ab. Ich habe wirklich lange mit der Zeit gerungen und noch länger dafür gebraucht, sie nicht mehr so wichtig zu nehmen.

Etwas in der Art hätte ich antworten können, nur war es überhaupt nicht das, was der Fragende wissen wollte, genauso wenig wie der Rest des Publikums. Ganz Bruchköbel, schien mir, wollte eine Zahl.

Was also antworten, ohne dass es nach Angeberei klang, Schwimmer-Latein oder Niederlage? Und würde man mir glauben, wenn ich sagte, ich hätte es vergessen? Mir fiel nichts Besseres ein, als mich aus der Affäre zu ziehen, indem ich sinngemäß murmelte, dass ich seit Ewigkeiten nicht mehr auf Zeit geschwommen sei und keine Wettkämpfe mehr bestreiten würde, der Literaturbetrieb sei schon Wettkampf genug. Das stimmte alles, war aber trotzdem unbefriedigend – und vor allem keine Zahl. Doch bevor der Betreffende noch einmal nachfragen konnte, widmete ich mich flugs der nächsten Frage, ohne das Gefühl loszuwerden, dass eine Zahl mehr gesagt hätte als tausend Worte. Und so verließ ich die kleine Stadt am Morgen danach mit dem schlechten Gewissen, Bruchköbel eine Antwort schuldig geblieben zu sein.

Diese Antwort möchte ich jetzt nachreichen, denn es ist meine persönliche Antwort auf die Frage nach dem Glück. Ich schwimme seit vierzig Jahren – mit wenigen Unterbrechungen – Langstrecken im Freistil, und wenn ich ehrlich bin, tue ich das nur aus einem einzigen Grund: um langsamer zu werden. Nach meinen Anfängen im Vereinsschwimmen und Leistungstraining habe ich viele Jahre gebraucht, um die innere Uhr auszuschalten. Natürlich war es mir früher wichtig, Wettkämpfe zu gewinnen, und es macht mir noch immer Spaß, im Wasser meine Schnelligkeit zu spüren, eins zu werden mit seiner Geschmeidigkeit und an anderen Schwimmern vorbeizuziehen, die nicht annähernd dieselbe Strecke vor sich haben wie ich. Aber das sind nur Momente, darum geht es nicht. Es geht darum, der Zeit zu entkommen.

Ich erinnere mich noch sehr genau an den Tag, als ich für mich die Zeitlosigkeit entdeckte. Wir hatten den ganzen Nachmittag über Sprints trainiert, bahnauf, bahnab, im unerbittlichen Wettlauf mit der Zeit. Am Ende hatte ich das Gefühl, regelrecht in Zeit zu schwimmen, in rasend verfließender Zeit, die nur stoppte, wenn wir am Beckenrand anschlugen. Dieser kurze, finale Moment der Zeitlosigkeit war das Ziel. Bis dahin war alles nur Zeittakt und Zahl.

Gegen den ständigen Kampf mit der Uhr gab es nur ein einziges Mittel: nicht mehr anhalten. Der Fehler lag darin, die Zeit zu stoppen und zum Stillstand bringen zu wollen. Ich merkte, dass die Zeit eigentlich nur dann aufhörte, wenn man sie nicht anhielt, wenn man weiter und immer weiter schwamm, über die Zeit hinaus. Ich fing an zu kraulen und hörte einfach nicht mehr auf. Ich war gewohnt, meine Bahnen zu zählen. Aber die Zahlen verloren langsam ihre Bedeutung wie ein Wort, das man zu oft wiederholt. Irgendwann verzählte ich mich, ich wusste nicht mehr, wo ich war. Es entstanden Lücken zwischen den Zahlen und der Zeit, Zwischenräume, in denen es nur noch Wasser gab und die Unaufhörlichkeit der Bewegung. Ich hatte die Grenze überschritten und schwamm wie in einer Zeitschleife immer dieselbe Strecke, jenseits von Zahl und Zifferblatt.

Zeit ist die Zahl der Bewegung, heißt es bei Aristoteles, aber in der Zwiesprache von Wasser und Körper gibt es ein anderes Maß, das sich einstellt auf den langen, unzählbaren Strecken. Und es macht mich vielleicht nicht besser, aber glücklich, die Zeit zum Verschwinden zu bringen in dem unaufhörlichen Ineinander von Wasser, Bewegung und Atem – für die dauerlosen Momente in einem anderen Element. Und seit ich gefragt worden bin, wie schnell ich auf dreitausendfünfhundert Meter schwimme, weiß ich, was mich glücklich macht. Es macht mich glücklich, genau das nicht zu wissen und aus der Zeit zu schwimmen, jeden Tag. Für eine Stunde.

PASSIV-SCHWIMMEN

Eine kleine Hommage an die Schweiz

Zwei Jahre war ich am Theater Basel engagiert, unweit der deutsch-schweizerischen Grenze, aber doch in einem völlig fremden Land, streng genommen nicht einmal in Europa. Ich habe viel gelernt in dieser etwas anderen Schweizer Welt. Es waren zwei Jahre der Mentalitätserforschung der Relativierung des eigenen Denkens. Nicht, dass ich aus den Schweizern schlau geworden wäre, aber es gibt kaum einen besseren Ort als die Schweiz, um die Grenzen der eigenen Denkungsart zu erkunden. Und die wahrscheinlich wichtigste Lektion in meiner ganzen Schweizer Zeit war das Erlernen des Passiv-Schwimmens.

Durch Basel fließt der Rhein, das sei all jenen gesagt, die den Rhein für einen von Grund auf deutschen Fluss halten. Er, der Rhein, weiß selber nicht so recht, ob er sich nun darüber freuen soll. Schließlich ist Basel, dem anheimelnden Namen zum Trotz, eine Chemiestadt und zollt diesem Umstand gelegentlich fatalen Tribut. So geschehen beim großen Chemieunfall von Sandoz, der alles Leben im Fluss mit einem Schlag auslöschte.

Etliche Jahre danach – es ist Spätsommer – lese ich in der »Basler Zeitung« einen ganzseitigen Artikel über die große Beteiligung von Jung und Alt am letzten Rheinschwimmen. Auf den Fotos ist ein regelrechter Volksauflauf abgebildet, der sich in den gräulich grünen Stromflächen des Rheins verliert. Man schwimmt wieder im Rhein. Stromaufwärts lassen sich die Rheinschwimmer zu Wasser und treiben dann in ganzen Pulks laut schwatzend unter den Rheinbrücken hindurch, vorbei am Basler Münster, mitten durch die altehrwürdige Stadt. Wie auf der Promenade wogen und wippen die Köpfe im graugrünen Wasser.

Kurz vor den Chemiewerken allerdings ist Schluss. Hinter der Mittleren Brücke mit ihren gewölbeartigen Bögen sieht man sie endgültig, die grauen Chemiesilos, die etwas weiter flussabwärts an den Rhein gebaut sind. Und spätestens auf der Höhe der Klingentalfähre, die wie eine Reminiszenz aus gefahrlos alter Zeit an einem aufgespannten Seil über den Fluss läuft, beeilt man sich, aus dem Wasser zu kommen. Und ein wenig erleichtert ist man schon, sobald man wieder auf der belebten Rheinpromenade steht und barfuß, in der Sonne trocknend, zu seinem Ausgangspunkt zurückmarschiert. Man ist gewissermaßen froh, dem Wasser und seinem weiteren Weg entronnen zu sein.

In der »Basler Zeitung« liest sich das Rheinschwimmen wie ein vergnüglicher Volkssport, mehr ein geselliges

Ereignis als eine Herausforderung an Geschicklichkeit und Kraft. Doch der Verfasser findet auch mahnende Worte. Er bittet darum, auf den rheinüblichen Schiffsverkehr Rücksicht zu nehmen – so als genügten ein paar Rowdies in Badehosen, um eines der durchfahrenden Tankschiffe zum Kentern zu bringen. Er schreibt weiter von Strudeln, die besonders in der Nähe von Brückenpfeilern auftreten können. Dadurch, dass die Fundamente der Gewalt des Stromes standhalten, quellen Wassermassen aus der Tiefe auf, die wiederum vom nachströmenden Wasser überspült und fortgerissen werden. Dabei entstehen Strudel und gefährliche Turbulenzen. Sollte man davon erfasst werden, so rät der besonnene Berichterstatter seinen Lesern, keinesfalls in Panik auszubrechen. Das Beste sei, sich widerstandslos vom Sog bis auf den Grund des Flusses hinunterziehen zu lassen, um sich von dort wieder abzustoßen. Meist lösten sich diese Strudel schon nach drei, vier Metern ganz von selbst auf. – Ich schaue kurz über den Zeitungsrand und frage mich, was man mit so viel klugen Ratschlägen wohl anfängt in dem Moment, da man von der Angst zu ertrinken gepackt wird, sich im Kreis dreht, keine Luft mehr bekommt und nichts als weiß schäumende Wasserwirbel vor Augen hat, die sich immer weiter in die Tiefe schrauben.

Der Artikel nähert sich seinem Ende und kommt damit zur Moral. Sehr bedächtig werden noch einmal die Schönheiten und Gefahren des Rheinschwimmens gegeneinander abgewogen. Dann schließt der Verfasser mit dem alle Gegensätze aussöhnenden Hinweis, wer sich am Rheinschwimmen beteilige, solle doch zumindest fünfzig bis hundert Meter aktiv schwimmen können.

Ich fasse mir an den Kopf, lese die letzten Zeilen noch einmal. Nein, ich habe mich nicht getäuscht, »mindestens fünfzig bis hundert Meter aktiv schwimmen«, es steht tatsächlich da, schwarz auf weiß. Ein geradezu atemberaubender Schluss, deutet er doch darauf hin, dass der schweizerische Rheinschwimmer den überwiegenden Teil seiner Strecke sozusagen »passiv schwimmend« zurücklegt.

Die wenigen freien Stunden der folgenden Tage verbringe ich am Rhein, an dessen Ufern ich neugierig auf und ab gehe, um die Basler beim Passiv-Schwimmen zu beobachten. In kleineren Grüppchen, manchmal auch paarweise, aber selten allein treiben sie im meergrünen Wasser dahin. Ich warte auf eine günstige Gelegenheit und schaue ganz genau hin. Es ist wahr: Sie bewegen sich beim Schwimmen kaum. Ab und zu ein müßig aufspritzender Beinschlag, mehr zur gegenseitigen Belustigung. Hier und da eine an Brustschwimmen erinnernde Armbewegung. Ansonsten scheinen sich die Schweizer eher durch das Hervorbringen ihrer von Krächzlauten vibrierenden Sprache über Wasser zu halten. Um ihren Schwimmstil fachlich zu beschreiben, müsste man wohl sagen, es handele sich um eine sehr gesellige Spielart von »toter Mann«.

Die »Basler Zeitung« hatte vollkommen recht: Beim Rheinschwimmen ist »Aktiv-Schwimmen« nur in geringem Maße vonnöten und als solches eher störend. Im Vordergrund steht nicht das Schwimmen, sondern das Geschwommenwerden. Und darin haben es die Schweizer zu höchster Perfektion gebracht.

Es sind in der Tat sehr schöne, südländisch warme Spätsommertage, die ich in Basel am Rhein verbringe. Und ich spüre am ganzen Körper eine Lust zu schwimmen wie einen tiefen, unstillbaren Durst. Aber ich wage es nicht. Unruhig wandere ich am Ufer auf und ab. In wiederkehrenden Tagträumen male ich mir aus, wie ich eintauchen werde in das kühle, frische Wasser, das vor meinen Augen dahinfließt. Ein flacher Kopfsprung vom Fährsteg hinein in das sonnendurchschossene Grün. Die ersten Züge in dem geschmeidigen Strom. Die Gewalt des Wassers und die aufrauschende Kraft der mir so vertrauten Schläge. Ich streife um den Fluss wie ein Verliebter. Aber ich wage es nicht.

Schon meine Tagträume verraten mich. Ich stelle mir vor, wie ich mit fliegenden Armen gegen die Unaufhaltsamkeit des Stromes ankraule. Eine unbändige Lust, mich mit dem Fluss zu messen! Ich möchte mit aller Macht rheinaufwärts schwimmen, mich mit Delphinschlägen hoch aus dem Wasser katapultieren – eine gegenläufige Welle in dem dahingleitenden Strom. Ich möchte mich spüren, wie ich mich nur im Wasser spüren kann. Und gleichzeitig weiß ich, dass ich mich damit sofort als Fremder zu erkennen geben würde, als ein Ausländer im Wasser. Denn auf die Idee, bis zur Erschöpfung stromaufwärts zu schwimmen und sich gegen den Gang des Wassers und der Dinge zu beweisen, darauf kann nur ein Deutscher kommen. Ich sehe mich im Rhein schwimmen, keuchend, klatschend, Wellen schlagend, und ich stelle mir vor, wie zwei Schweizer kopfschüttelnd am Ufer stehen, bis der eine schließlich zu dem anderen sagt: »Sehr deutsch.«

RICHARD III.
IM TINGUELY-BRUNNEN

Theaterkantinen haben ihre eigenen Gesetze. Für Außenstehende mögen es bizarre Schauplätze sein, wo Macbeth in eine Boulette beißt und sich Romeos Julia mit einem Talentachterl Sekt für den Liebestod stärkt. Die Innensicht ist eine andere. Mit der Kantine ist nicht zu spaßen. Natürlich wird hier gegessen und getrunken wie überall, wo Künstler sind. Doch um Kunst geht es dabei nicht. Es geht auch nicht um Gastronomie oder Geselligkeit. In Wahrheit ist die Theaterkantine ein strategischer Ort.

Die Spielregeln sind einfach. Wer als Erster geht, hat verloren. Kantinensieger ist der Letzte, der das Licht ausmacht, vorausgesetzt, er ist dann noch zu einer solchen Handlung fähig. Sinn des Spiels ist es, die strategische Position Kantine so lange wie möglich zu halten. Denn nur wer sämtliche Gespräche aussitzt, kann am Ende sicher sein, dass nicht schlecht von ihm gesprochen wird.

Dabei ist die Kantine weit mehr als eine Lästerschule. Wer lange genug durchhält, wird all des Halbwissens teilhaftig, das man zum Theaterleben braucht. Eine gute Kantine ersetzt jede Zeitung, nicht nur das Feuilleton, sondern auch den Sportteil, die politischen Seiten und die Kleinanzeigen. Den versierten Kantinengänger erkennt man daran, dass er über alles Bescheid weiß und überall mitreden kann. Im Laufe der Zeit hat er eine der wichtigsten künstlerischen Fähigkeiten erworben, die Schauspielschülern und Regiehospitantinnen regelmäßig fehlt. Er sitzt immer an den richtigen Tischen. Denn mit Sitzfleisch allein ist es nicht getan. Der wahre Kantinenstratege weiß immer, wo er wie lange sitzen muss und – was noch viel wichtiger ist! – wo man auf keinen Fall sitzen sollte.

Die luftigste Kantine meiner Theaterlaufbahn befindet sich in Basel. In der Regel sind Kantinen Katakomben: rauchgeschwärzte Niedriggewölbe, deren Geruchsspektrum zwischen Frittierfett (Küche) und Duftsteinen (WC) schillert. Nicht so in Basel, wo die Theatergastronomie unüblicherweise Tageslicht zu bieten hat. Die Basler Kantine ist – das muss der Neid ihr lassen – überirdisch. Eine Fensterfront mit umlaufendem Balkon gibt den Blick frei auf die Oberleitungen der Trambahnen und gegenüberliegende Häuserfassaden. Bei sommerlichen Temperaturen trägt so mancher sein Tablett ins Freie. Südländische Anwandlungen überkommen den Kantinengänger, wenn es mal wieder heißt: Tische draußen! Doch die Sonnenschirm-Idylle trügt: Die Spielregeln sind dieselben wie in den finstersten Fressverliesen der Theaterlandschaft. Und nur ausgefuchste Kantinenstrategen haben eine Chance.

Mein Schlüsselerlebnis in Sachen Kantine hatte ich, als Ulrich Wildgruber in Basel *Richard III.* probierte. Es war eine vergleichsweise harmlose, fast väterliche Lektion, die er als Kantinenhüne mir erteilte, das sei vorweg gesagt. Doch sie hat mich in meinem Theaterleben vor Schlimmerem bewahrt.

Es begab sich in der Pause einer Abendprobe. Die Kantine war verhältnismäßig leer und schwach beleuchtet, in den Fenstern sank die Nacht. Ulrich Wildgruber saß in seinem Probenkostüm – einem knielangen, schwarzen Königsmantel – mit Buckel und Schwert an einem Ecktisch, die Beine von sich gestreckt, die Hände über dem Bauch gefaltet, Schweißperlen auf der Stirn. Dann und wann nippte er an einem Gläschen Rotwein und fuhr sich mit einer schwebenden Geste durchs Haar, das immer wie nach hinten geweht aussah. Ich setzte mich zu ihm und fragte, wie viel Kleingeld er heute gefunden habe. Denn Ulrich Wildgruber hatte die Angewohnheit, Text zu lernen, indem er mit gesenktem Blick durch Basels Gassen ging, Shakespeare vor sich hinmurmelte und heruntergefallene Franken auflas.

Ulrich Wildgruber sah mich durchdringend an, sein rechtes Augenlid zuckte. Er sei heute überhaupt nicht fündig geworden, sagte er, sondern beim Memorieren seines

»Ward je ein Weib in dieser Laun gefreit«-Monologs vor dem Theater in den Tinguely-Brunnen gefallen. Ich war erschüttert.

Doch bevor ich meiner Bestürzung angemessen Ausdruck geben konnte, kam der Einruf zur Fortsetzung der Probe. Wildgruber leerte seinen Rotwein und hinkte zurück an die Arbeit. Ich blieb vor meiner Apfelschorle sitzen, seltsam berührt von der Vorstellung, Richard III. zwischen Tinguelys geschäftigen Brunnengestalten ins Wasser sinken zu sehen.

Ich weiß nicht, wie lange ich so dasaß. Irgendwann setzte sich mein Freund Moritz Rinke zu mir. Wir plauderten ein bisschen. Ich trank meine vierte oder fünfte Apfelschorle. Die Abendprobe nahm ohne dramaturgischen Beistand ihren Lauf. Stunden verflossen. Aber ich weiß noch genau, dass ich für den Bruchteil einer Sekunde zögerte, bevor ich von Richard III. im Tinguely-Brunnen erzählte. Schließlich war Moritz Rinke für eine renommierte deutsche Wochenzeitung unterwegs, um ein Wildgruber-Porträt zu schreiben, und ich wollte keine allzu intimen Details aus dem Theaterleben preisgeben.

Vielleicht war es falsch von mir, die Geschichte weiterzuerzählen. Doch es war ganz bestimmt ein Fehler, in dieser Nacht vor Ulrich Wildgruber nach Hause zu gehen. Nach Probenende saß er noch lange mit Moritz Rinke zusammen. Erst glaubte ich, mithalten zu können. Doch so gegen zwei Uhr morgens gab ich auf und wankte heimwärts. Ich hätte es aussitzen müssen, natürlich, das ist mir heute klar. So aber las ich eine Woche später in der Zeitung, Ulrich Wildgruber sei vor dem Basler Theater noch einmal den »Ward je ein Weib in dieser Laun gefreit«-Monolog mit mir durchgegangen, um plötzlich von seinem stürzenden Dramaturgen mit in den Tinguely-Brunnen gerissen zu werden. Das ist Kantine. Wer bleibt, der schreibt.

ULRICH WILDGRUBER
PROBIERT RICHARD III.

(Ulrich Wildgruber im Probenkostüm von Richard III. mit Buckel und Klumpfuß an einem Tisch rechts vorne am Portal, über ein Textbuch gebeugt. In seinem Rücken die Bühne.)

ULRICH WILDGRUBER
»Jetzt folgt dem Winter unsrer Bitterkeit« –
Der Sauser.
Der Sauser ist gefährlich.
Eine gefährliche Sache, dieser Sauser.
Ich brauche nur ein Gläschen von diesem Sauser zu trinken
Schon stoße ich mich überall in diesem Apartment, wo kein Platz ist
Mit Vorliebe am Bettgestell. Meine Schienbeine sind schon ganz blutig.
Das ganze Theaterapartment ist blutverspritzt.
Irgendwann verblute ich in meinem Bett
Und später heißt es dann:
Hier hauste Richard III.

Wirklich gefährlich dieser Sauser.
Man trinkt ja immer zu viel.
Was haben wir in Salzburg getrunken.
Der Peter Fitz und ich. Und Kirchner und Sander
Große Trinker.
Der Peter Fitz aus Bitterkeit
Trinkt, bis er die maximale Bitterkeit erreicht hat
Während der Sander einfach irgendwann umfällt
Mit dem Gesicht in den Kies. Ein Glück, dass er nicht gedreht hat.
Kein Anschluss hätte gestimmt. Er sah jeden Tag anders aus.
Gewaltige Trinker, und ich vertrag ja nichts.
Ich hätte es wie Kirchner machen sollen
Der irgendwann einfach aufsteht und schreit
Ihr seid alles Arschlöcher
Und geht.
Es ist doch recht strapaziös für die Gesundheit.
Einmal hat es mich beinah den Kopf gekostet. In Hamburg.
Ich komme zurück von einem Dreh in der Südsee, früh morgens
Und geh auf einen Sprung in die Kantine vom Schauspielhaus
Wo ich den Redl treffe und wir trinken ein bisschen
Und quatschen uns fest

Und so gegen fünf kommt eins von diesen
Suppenhühnern
Also wirklich, so ein Suppenhuhn
Und sagt: »Ihr sitzt ja immer noch hier.«
Ihr sitzt ja immer noch hier.
Das hat mir gereicht.
Ich hatte ja auch etwas getrunken, nicht wahr.
Du Suppenhuhn, sag ich, du gehörst in den Kochtopf.
Und der Christian immer: Mensch, Uli, lass doch.
Aber ich war nicht zu bremsen: Ihr Suppenhühner.
Suppenhühner.
Und der Christian dazwischen: Lass doch, Uli, ist ja
gut. – Suppenhühner!
Dabei habe ich eigentlich gar nichts gegen die
Frauenbewegung.
Ich bin selbst eine Frau.
Aber ich war nicht zu bremsen
Und bin dann raus, und später, als ich nach Hause kam
Waren schon so Kerls dagewesen, mit Baseball-
Schlägern
Von wegen, ich hätte ihre Freundin beleidigt.
Natürlich völlig zugekokst.
Koks macht ja so eng.
Die ganze Aggression, die ganze Energie auf einen
Punkt gerichtet
Gegen mich.

Zum Glück war ich nicht zu Hause.
Wo ich doch solche Angst vor Folter hab.
Vor körperlichen Schmerzen. Wir sind also beim Thema.
Ich hab so ungeheure Angst, mich könnte jemand foltern
Was weiß ich, weil er mich verwechselt
Oder weil ich was Falsches gesagt hab
Gegen Amnesty International oder so
Und was dann?
Ich kann ja nicht ständig mit einer Kapsel Zyankali rumlaufen.
Das wäre ja auch blöd undsoweiter.
Also, das wäre wirklich das Schlimmste.
Und das ist einem damals ja dauernd passiert.
Damals war Mord ja praktisch die Umgangssprache.
Da haben wir es heute schon besser.
Trotz allem.

»Jetzt folgt dem Winter unsrer Bitterkeit
der Sommer« – toller Text.
Shakespeare ist schon der Größte meiner Ansicht nach.
Wenn es ihn wirklich gegeben hat.
Man meint immer, das wär alles so hingerotzt.
Aber das ...
Da müsste man wirklich Schauspieler sein.

Da müsste man wirklich von A bis Z undsoweiter.
Ich habe ja nie an dem Beruf gearbeitet.
Eigentlich habe ich immer nur dumm rumgestanden.
Nach Dornach hätte ich gepasst zu Rudolf Steiner.
Klingt auch gut: Dorn – ach!
Lange Gewänder, ein paar blumige Armbewegungen.
Kuchenessen und freier Geschlechtsverkehr.
Das hätte ich gerade noch geschafft.
Alles andere ist ja viel zu schwer.
Oder an die Burg.
Rein in eine schwere Rüstung und dann: Donner, Donner.
Ganz in Blech stehend, wie angewurzelt
Und tönen mit gepflegtem Zungen-R.
Die Österreicher glauben ja sowieso
Sie sprächen das eigentliche Bühnendeutsch.
Dabei versteht man überhaupt nichts
Nur ab und zu ein Zungen-R.
Feststehen und nicht bewegen
Am Burgtheater immer auf derselben Stelle.
Das wäre es gewesen.
Aber das ist heute ja auch nicht mehr.

»Jetzt folgt dem Winter unsrer Bitterkeit« –
Zu schwer. Schrecklich schwer das.
Das Winter-Motiv, das Bitterkeits-Motiv.

In Depressionen kenn ich mich ja eigentlich aus.
Das ist ja auch bitter, merkwürdig und schmerzhaft
Wenn man so viele Jahrzehnte durchs Leben geht
Und die Weiblein sind's nicht, und die Männlein sind's nicht
Und irgendwann merkt man, mehr durch Zufall
Bei einem Bergspaziergang: Ziegen sind's!
Wie durch Zufall beim Spaziergang im Gebirge
Eine Ziegenherde.
Ich hätte es genauso gut nie merken können.
Und auch dann ist man nicht glücklich.
Denn Ziegen sind bockig
Und schwer zu nutzen.
Dann lieber Kühe.
Mit Kühen fährt man besser.
Friedliches Vieh.
Ja, Kühe koksen nicht.
Milch von nicht koksenden Kühen.
Ich hätte in die Werbung gehen sollen.

»Jetzt folgt dem Winter« – oder Füchse.
Werf ich doch heute einen Blick in die »Basler Zeitung«
Und da steht – das kann doch kein Zufall sein:
Fuchs, du hast den Flamingo gestohlen.
Und darunter ein Bild von einem Fuchs
Der ziemlich satt und zufrieden aus der Wäsche schaut.

Jetzt weiß ich auch, warum einem in Basel so wenig
    Flamingos begegnen
Die Füchse haben sie alle verspeist.
Dafür stehen die Füchse hier auf einem Bein.
Nein, Entschuldigung.
Aber ich bin bei der Sache.
Der Richard ist ja auch so ein Fuchs
Reineke Fuchs, daran musst ich natürlich gleich
    denken
Als einfaches Gemüt aus der Hefe des Volkes.
Obwohl, es gibt auch Vegetarier unter den Füchsen.
Füchse, die sich erwiesenermaßen von Obst und
    Gemüse ernähren.
Insofern ist die Geschichte vom Fuchs und den
    Trauben
Die zu hoch hängen, mitten aus dem Leben gegriffen.
Es gibt leidenschaftliche Traubenesser unter den
    Füchsen.
Fuchs, du hast den Flamingo gestohlen.
Wenn ich nach Hause komme
Muss ich das unbedingt lesen.

»Jetzt folgt dem Winter unsrer Bitterkeit
Der Sommer unsrer Macht« – die Burg
Ist, glaube ich, die letzte Bastion des Mittelalters.
Wenn du da das Gretchen spielst

Und wie gern hätte ich das Gretchen gespielt!
Dann sitzen bei der Generalprobe
Vierhundert nicht besetzte Gretchens im
Zuschauerraum.
Und die eine findet das »Ach« übertrieben
Die andere hält »neige« für völlig falsch
Und der dritten ist »du Schmerzensreiche« zu
unterspielt.
Die reinste Schlangengrube – die Burg.
Die Mauern rot vom Blut der Selbstmörder.
Junge Talente mit aufgeschnittenen Pulsadern.
Die Schauspieler haben sich in Scharen erhängt.
Schrecklich.
Die Burg ist wirklich noch aus einer andern Zeit.
Was da an Intrigen läuft, erreicht die Ausmaße von
Politik.
Ich möchte nicht Politiker sein müssen.
Ich spiele den Richard.
Das ist genauso schlimm.

DEFINIEREN SIE DRAMATURGIE!
Von Kantinenfürsten und Probenbremsen

Es ist immer dasselbe, wenn ein Dramaturg eine Führung durchs Theater macht. Wortreich eröffnet er dem geneigten Zuschauer Einblicke hinter die Kulissen. Er baut sich mit seiner Gruppe in der Tischlerei, der Schlosserei und dem Malersaal auf und doziert über die Mannigfaltigkeit der Arbeit am Theater. Anekdoten ausstreuend, geleitet er seine Schäfchen durch Requisite, Maske und Schneiderei. Dann betritt er mit ihnen den Bühnenbereich, erklärt virtuos das Inspizientenpult und demonstriert nebenbei mit leichter Hand die Funktionsweise von Schnürboden, Dreh- und Seitenbühne, bevor er zum Höhepunkt seiner Ausführungen kommt: dem Blick von der Rampe in den leeren Zuschauerraum.

Gerne verweilt der Dramaturg noch einen Augenblick in Rampennähe und beantwortet gewissenhaft sämtliche Fragen. Doch dann beeilt er sich, durch das übrige Haus zu kommen, vorbei an den Büros von Intendanz, Verwaltung und Dramaturgie. Wenn es darum geht, seine eigene Theaterarbeit zu erörtern, hüllt sich der Dramaturg meist in Schweigen. Am Ende einer solchen Führung weiß man

Bescheid über jede Theaterabteilung – außer über die Dramaturgie.

Was also macht ein Dramaturg, wenn er nicht gerade Leute durchs Haus führt, Publikumsgespräche moderiert oder Programmhefte zusammenstellt? Mein ehemaliger Intendant am Oldenburgischen Staatstheater pflegte zu sagen: »Der Beruf des Dramaturgen ist so wichtig, dass es ihn außerhalb Deutschlands gar nicht gibt.« Das klingt nicht gerade schmeichelhaft, macht aber hinlänglich deutlich, dass der Dramaturg so etwas ist wie eine nationale Figur, eine seltene Blüte der deutschsprachigen Theaterlandschaft.

Entsprechend zwiespältig ist der Ruf des Dramaturgen. Während er in theaterwissenschaftlichen Seminaren und Volkshochschulen gerne als »das literarische Gewissen einer Produktion« gehandelt wird, nennen ihn bösere Zungen schon einmal »Schwellkopf« oder »Schwätzer«. Überliefert ist auch der kernige Ausspruch eines bayrischen Volksschauspielers, der einen Dramaturgen mit den Worten in die Schranken wies: »Drama tua dua mia nix, dann tua i dia a nix.«

Und in Wirklichkeit? In Wirklichkeit ist »Dramaturg« weniger eine Berufsbezeichnung als eine Frage des Typs. Was ein Dramaturg macht, hängt in starkem Maße davon ab, wer oder was er ist. Von Amts wegen kann der Dramaturg alles sein: Theaterfaktotum oder Übersetzungsspezialist, Intrigant oder Organisationsgenie, Machtmensch und/oder Kantinenfürst, Diplomat und Vermittler zwischen den Fronten oder Minister ohne Geschäftsbereich, Kommunikator oder Klatschbase, Bürohocker oder Probenbremse, Ko-Regisseur oder gehobener Regieassistent. Die Liste ließe sich fortsetzen.

Natürlich ist der Dramaturg in seiner speziellen Ausprägung nicht unabhängig von dem Binnenklima des jeweiligen Theaters und seiner Größe. Jedes Haus, könnte man sagen, hat die Dramaturgen, die es verdient. An einer Bühne wie dem Landestheater Sachsen-Anhalt-Nord in Stendal wird sich ein Kommafetischist und vergleichender Literaturwissenschaftler schwerlich behaupten. Wohingegen der Allround-Dramaturg mit Spielverpflichtung seine schlummernden Talente an einem Haus der Theater-Championsleague wohl kaum voll entfalten kann.

Dennoch gibt es auch innerhalb eines Hauses die verschiedensten Typen und Temperamente. Manchmal reicht ein und dieselbe Abteilung schon völlig, um ein kleines Bestiarium der Dramaturgie zu erstellen. Dann hocken sie alle zusammen bei ihren Spielplankonferenzen, Besetzungsgesprächen, Redaktionskonferenzen und Krisensitzungen, die ganze Typologie an einem Tisch.

Dramaturgie hat viele Gesichter. Und auch ein Dramaturg sieht sich nicht immer ähnlich, je nachdem, wo und mit wem er arbeitet. Dennoch, wer diesen Beruf ergreift oder von ihm ergriffen wird, der kommt nicht umhin, ihn für sich selbst zu definieren. Sieht er die Dramaturgie als eine Vorstufe zur Intendanz oder als Einübung in die Regie? Versteht er sich eher als betriebsinternen Kritiker oder als Autor und Produzent? Wie viel Distanz hält er zum künstlerischen Prozess und zu den Menschen, die ihn vorantreiben? Wie viel Nähe riskiert er?

Auf all diese Fragen kann es immer nur eine ganz persönliche Antwort geben. Hier ist meine: Ich für meinen Teil bin Autor und Dramaturg, weil dies zwei Seiten von mir sind und ich weder das eine noch das andere ausschließlich sein könnte. Ich würde die isolierte Schreibtischexistenz eines reinen Schriftstellers nicht leben wollen, daher suche ich die künstlerische Zusammenarbeit und den Dialog im Theater. Es ist mein Credo, dass Probieren über Studieren geht, daher mein Respekt vor der Praxis und der Wille zur Überprüfung von Gedanken und Ideen auf den Proben. Mehr noch, ich sehne mich geradezu über die Schrift hinaus nach der Sinnlichkeit und Konkretheit von Theater, nach der Fleischwerdung des Wortes durch den Schauspieler und der Überlistung des Autors durch das Eigenleben seiner Figuren.

Denn darin kann Theater großartig sein, darin kann eine Produktion mehr bewirken als die Summe ihrer Teile: in der Berührung und Durchdringung ganz verschiedener Fantasien und Temperamente. Und der Dramaturg –

so weit meine Berufsauffassung – ist ein Faktor in diesem Prozess. Er sollte genauso gut gucken können wie denken. Er sollte nicht nur konstruktive Kritik üben, sondern auch kritisierbar sein. Er sollte sein Wissen und seine Beobachtungen produktiv machen, als Proband unter Probierenden, und er sollte dem Ergebnis zu guter Letzt nicht übermäßig anzumerken sein.

DIE BAHNHOFSANSAGERIN

Mein erster Berufswunsch war Bahnhofsansager. Natürlich wollte ich wie jeder andere Junge auch Feuerwehrmann, Pilot und Lokomotivführer werden, aber Bahnhofsansager war meine erste wirklich selbstbestimmte Wahl. Und das kam so: Ich ging seinerzeit in Oldenburg in die Schule, und alle Wege in die große, weite Welt führten über »Umsteigen in Bremen Hauptbahnhof«. Dort gab es diese große, bogenförmige Bahnhofshalle, eine für meine damaligen Begriffe enorme Glas-und-Stahl-Konstruktion, in der sämtliche Lautsprecherdurchsagen endlos widerhallten. Und es gab eine Bahnhofsansagerin mit dem samtigen Timbre einer Souldiva, die alle Fahrgäste förmlich in Schall einwickelte. Sie hatte eine hauchig-nachlässige, fast schlafzimmerreife Aussprache. Wenn sie die üblichen Verspätungen durchsagte, konnte man ihr einfach nicht böse sein. Ihre Stimme ging mir durch und durch.

Ich war ein in Bremen Hauptbahnhof häufig gesehener Gast und wäre gern länger geblieben. Anders als meine Freunde und Schulkameraden stürzte ich beim Umsteigen nicht johlend in den nächsten Zug, sondern wartete, bis die Bahnhofsansagerin zu Ende gesprochen hatte. Erst in letzter Minute, wenn ihre Stimme strenger wurde und der schummrige Hauch auf den Silben verschwand, stieg ich ein. Türen schließen, mahnte sie. Ich hätte ihr stundenlang zuhören können.

Ich habe diese Bahnhofsansagerin nie getroffen, ich habe es nicht einmal versucht. Ab einem gewissen Punkt war mir klar, dass sie in Wirklichkeit nicht annähernd das sein würde, was ihre Stimme versprach. Der Zauber, mit dem sie mich berührte, lag in der Körperlosigkeit. Sie verlieh ihrer Stimme eine fantastische Dimension. Ich konnte mir eine Person erfinden mit einer Geschichte, einem eigenen Leben. Nicht, wie ich wollte, sondern so, wie es ihrer Stimme entsprach. Die Bahnhofsansagerin in Bremen Hauptbahnhof war möglicherweise meine erste literarische Figur.

Diesem Phänomen bin ich seither nur im Radio begegnet. Es gibt Stimmen, die man hört, und augenblicklich steht man vor einer Geschichte: mit einer eigenen Sprache, einer Stimmung, einem Ton. Zwei, drei Worte genügen, und es formt sich das Bild eines Charakters mit ganz spezifischen Eigenschaften. Und während die Radiostimme weiterspricht, vervollständigt sich, verändert oder verwandelt sich dieses Bild. Es sind weder wirkliche noch frei erfundene Figuren, die im Dunkel der Hörbühne hin und her huschen. Es ist das Ungesagte, das jede Stimme in sich trägt – und manchmal ist dies Ungesagte wahrer und wirklicher als die Wirklichkeit.

Die ersten Texte, die ich geschrieben habe, waren Hörspiele. Das ist alles andere als ein Zufall. Durch eine Stimme, die einem begegnet, durch ein paar Worte, die man aufschnappt, entsteht eine Geschichte, beginnt wie aus dem Nichts ein Dialog. Auf einen Schlag ist alles da: die Atmosphäre, die Art, zu denken und zu sprechen, der eigene Ton. Es muss nur noch erzählt werden.

Schreiben war für mich immer mehr Finden als Erfinden, was nicht heißen soll, dass man dabei keine Fehler machen kann. Sobald eine Geschichte aufblitzt, eine Stimme zum Charakter wird, geht die Arbeit erst richtig los: Es gilt, dem Zauber des Anfangs nachzuspüren und seiner Besonderheit zu ihrem Recht zu verhelfen. Nur allzu oft passiert es, dass man dem ersten Eindruck untreu wird. Die Magie einer Stimme geht verloren, sie wird von Nebengeräuschen überlagert, meist von den guten Absichten des Autors selbst. Der Ton wird unkenntlich und verrauscht.

Im schwarzen Theater des Hörspiels bewegt sich die Sprache ganz frei – ohne die Körper der Schauspieler, ohne die Grenzen von Raum und Zeit. Sprache im Radio ist ihr eigener Schauplatz, und sie spielt in der Zeit, die sie sich gibt. Zu Unrecht betrachtet man das Hörspiel oft als amputierte Gattung. Seine Körperlosigkeit bedeutet nicht Verlust, sondern die Möglichkeit, sich zu bewegen wie die Fantasie. Und Sprache nur zu hören, kann genauso sinnlich sein wie das konzentrierte Hören von Musik. Mehr noch, gerade in der Körperlosigkeit des Radios tritt die Sinnlichkeit einer Stimme besonders hervor. Es gibt Stimmen, die kann man anfassen. Schwere Stimmen und solche, die leicht sind, wie Gedanken. Sprache im Radio wird Klangkörper und die Art und Weise des Sprechens zu einer Geschichte zwischen den Zeilen.

Vom Hörspiel habe ich gelernt, welche Bedeutung die Stimme hat. Sie gibt einem Text seine Identität. Wenn man den Anfang eines Romans liest, ist es nicht die Handlung, die einen fesselt, oder die Hauptfigur, mit der man sympathisiert – dafür weiß man noch zu wenig. Das Erste, was einem begegnet, ist die Stimme des Erzählers. Und es gibt Stimmen, denen möchte man zuhören, was immer sie einem zu sagen haben, und solche, vor denen man sich verschließt.

Die Arbeit an einem Roman ist vor allem die Arbeit an dieser Erzählstimme. Sie ist, wenn man so will, die eigentliche Fiktion eines Buches. Der Autor legt seine biologische Stimme ab und nimmt die Stimme einer Kunstfigur an, mit der er Dinge sagen kann, die sonst ungesagt blieben. Der Ton dieser Stimme – die Art und Weise, wie sie die Welt färbt und wiedergibt – wird ihn zwei Jahre durch seine Arbeit begleiten. Und wenn alles gut geht, wird sie am Ende den Zauber des Anfangs nicht verloren haben, sondern so zu ihm sprechen wie die Stimme der Bahnhofsansagerin damals zu einem von unzähligen Reisenden in Bremen Hauptbahnhof.

BAD ODER BÜHNE

Zur Bäderschließung in Berlin

Eigentlich hatte ich mir geschworen, in Zukunft nur noch zu schwimmen, ohne darüber zu schreiben. Doch besondere Zeiten erfordern besondere Maßnahmen. Elf Berliner Bäder sollen dem rot-roten Rotstift zum Opfer fallen. Das empört das Schwimmerherz und birgt die Gefahr von Rückenstützmuskelschwund in der Hauptstadt. Doch für lautstarke Proteste ist die Lage zu prekär. Der Bürger steht vor der Wahl: entweder Bühnen oder Bäder. Es scheint, als könne man in Berlin derzeit unmöglich beides wollen. Was mich als Schwimmer und Theatermenschen in tiefe Loyalitätskonflikte stürzt.

Ich entschließe mich dennoch zu einem feucht solidarischen Demonstrationszug durch die Schwimmhallen, die es bald nicht mehr geben wird. Als einer der wenigen nicht in Berlin lebenden Autoren suche ich mir naiverweise das Stadtbad Kreuzberg in der Baerwaldstraße aus. Schwimmerlebnisse zwischen Kiez und Orient schweben mir vor: ein Bad in der Multikulti-Menge, Döner-Gerüche und Bierdunst über den Wassern. Doch das Kreuzberger Stadtbad hat für Normalsterbliche schon geschlossen.

Nur noch Schülergruppen und Schwimmvereine werden hier abgewickelt. Also ausgesprochen monokultureller Badeverkehr. Das Ende einer Bäder-Ära wirft seine Schatten voraus.

Stattdessen auf zum Stadtbad Steglitz in die Bergstraße! Ich rechne mit Witwen und solchen, die es werden wollen, vermute Duftspuren von Damenparfüm im Chlordunst und kreuzende weiße Fregatten beim Badeplausch. Das Jugendstilbad mit seinem kupferbeschlagenen Kuppeldach steht in einem typischen Berliner Innenhof. Schmiedeeiserne Treppengeländer, reich ornamentiert, geleiten den Besucher vom marmorgetäfelten Kassenvorraum in den Badebereich. »Erbaut 1908 und alles so geblieben«, erklärt Peter Werner, der sich in Zeiten epidemischer Krankenstände auch schon mal gerne als Badebetriebsleiter, Schwimmmeister und Kassierer in Personalunion bezeichnet. Zweiundvierzig Jahre ist er bereits im Geschäft und hat so manchen Liter Wasser in den Überlaufrinnen verschwinden sehen.

Das Schwimmbecken befindet sich im ersten Stock, flankiert von Umkleidekabinen, umrankt von einer Galerie und beschienen von Tageslicht, das durch die bogenförmigen Seitenfenster fällt. Licht ist in so manchen Hallenbädern ein selten gesehener Gast. Hier spielt es gleißend auf der Wasseroberfläche. Es ist zwölf Uhr mittags. Schwimmmeister Werner erwartet den ersten Schwung von Besuchern gegen eins, wenn eine Seniorengruppe zur »Aqua-Fitness« eintrifft. Ich bin der mit Abstand jüngste Besucher. Die Steglitzer Stadtbad-Klientel rekrutiert sich vorwiegend aus fidelen Damen und Herren im Alter von sechzig Jahren aufwärts. Sportschwimmer sind hier die Ausnahme. Das Becken entspricht nicht der Wettkampfnorm, und die Wassertemperatur beträgt badewannenartige 30 Grad bei heimeligen 28 Grad Lufttemperatur. Schweißperlen laufen mir über den Rücken.

Meine erste Idee zur Rettung der Berliner Bäder ist so simpel wie tief empfunden: Könnte man nicht einfach nur die Heizung runterdrehen? Doch die Kesselanlage hier ist mindestens so historisch wie die Architektur und schwer zu regulieren. Flächige, lang gestreckte Heizkörper, die überdimensionalen Wärmeplatten gleichen, verwandeln die Schwimmhalle in eine Art inwendigen Kachelofen. Im Stadtbad Steglitz ist jeden Tag Warmbadetag.

Schon nach wenigen Kraulbahnen schwitze ich griechisch-römisch am Beckenrand vor mich hin, und Peter Werner versäumt es nicht, mir vorzurechnen, dass eine Schwimmhalle auch mit aufgedrehter Heizung den Senat immer noch billiger kommt als ein Theater. Da hätten wir sie also wieder, die tückische Alternative: Bad oder Bühne? »Einmal Schwimmen kostet drei Euro und wird mit sechs Euro bezuschusst, bei einer Theaterkarte legt der Staat das Zigfache drauf ...« Werner macht eine luftige

Geste, und ich weiß nicht, was ich sagen soll. Verlegen starre ich aufs Wasser, wo sich mittlerweile die Seniorengruppe zum Aqua-Jogging versammelt hat. Mit Schaumstoffpaddeln an den Händen und Poolnudeln um die Brust vollführen sie mondkalbartige Tretbewegungen und erinnern für Augenblicke an eine vom Aussterben bedrohte Tierart. »Und wenn man die Zuschauerräume flutet und gegen drei Euro Aufpreis Aqua-Jogging für Abonnenten einführt?«, will ich zu bedenken geben. Doch da kommandiert Schwimmmeister Werner schon wieder seine wassertretende Herde.

WASSER LESEN LERNEN
Ein Plädoyer fürs Schwimmen als Zweitsprache

»Wenn ich einen Schwimmer sehe, male ich einen Ertrinkenden.« An diesen Satz von Jacques Prévert aus *Le Quai de brumes* muss ich diesen Sommer oft denken. In Zeiten, in denen die Meere wieder Grenzen oder gar Festungsgräben bilden, hat er neben seiner ästhetisch-poetischen Bedeutung auch eine erschreckend konkrete. Selten zuvor war die Schönheit des Schwimmens so eng verbunden mit dem Gedanken an den Tod im Wasser. In dem Maße, in dem die Migration über die Meere zugenommen hat (und die Berichterstattung darüber), schwimmt das schlechte Gewissen des Privilegiertseins bei fast jedem Badeausflug mit.

Ich will nicht so tun, als gäbe es keine Momente sommerlicher Unbeschwertheit mehr im Freibad oder im Baggersee. Doch spätestens bei der Urlaubsplanung lässt sich die Weltlage nicht länger ausblenden. Und vielleicht zeigt sich beim Badetourismus mehr als bei so manch anderer Ferienvorliebe, dass viele Selbstverständlichkeiten von einst inzwischen fragwürdig geworden sind. Die Bilder von gekenterten Flüchtlingsbooten stoßen sich hart im Raum mit den teutonischen Urlaubsträumen vom Mittelmeer. Die gesamte Sandstrandromantik scheint endgültig die Unschuld verloren zu haben, die sie nie hatte.

Spricht das gegen das Schwimmen? Im Gegenteil! Vielleicht steht beim Nachdenken über das Schwimmen heute weniger der Sport oder die Ästhetik im Vordergrund, sondern seine Bedeutung fürs Überleben. Doch damit rückt ins Bewusstsein, wie elementar das Erlernen des Schwimmens war und ist, menschheitsgeschichtlich wie für jeden Einzelnen. Wir sind Landwesen. Und bei aller Faszination für das andere Element ist uns eine gewisse Scheu vor dem Wasser eigen, eine natürliche Angst vor dem Unwägbaren, Fließenden und vor der Tiefe.

Der Gang ins Wasser bedeutet auch für einen routinierten Schwimmer eine gewisse Überwindung. Gewohnheit hilft, doch man kann nie wirklich wissen, was einen erwartet. Denn Wasser ist immer anders. Und bei aller Geborgenheit, dem Getragenwerden und Umhülltsein im Sommer bleibt ein Kriechstrom von Unheimlichkeit in jedem offenen Gewässer.

Der Blick auf die DLRG-Statistik beweist das: 2019 sind in Deutschland über 400 Menschen ertrunken (in Zahlen: 417). Hauptproblem sind dabei die unbewachten Binnengewässer, Flüsse, Seen, Teiche. An den Küsten von Nord- und Ostsee ertranken im Vergleich dazu lediglich 23 Menschen, woran der Wasserrettungsdienst an den Stränden sicher einen wesentlichen Anteil hat. Trauriger Spitzenreiter in der Unfallstatistik ist Bayern mit 95 Opfern. Im Geschlechtervergleich trifft es nur 20 Prozent Frauen und Mädchen. Die Hauptursachen – Selbstüberschätzung, Leichtsinn, Übermut – sind offenbar dominant männliche Eigenschaften. Besonders bitter und tragisch ist der hohe Anteil von 27 ertrunkenen Asylsuchenden in hiesigen Seen und Flüssen. Immer stärker betroffen sind auch Kinder und Jugendliche mit zuletzt 17 Ertrunkenen.

Schwimmen ist eine Überlebenstechnik. Und es zu erlernen, ist so wichtig wie eine Sprache – eine zweite Sprache des Körpers. Im alten Rom mit seiner hoch entwickelten Bäderkultur gab es das geflügelte Wort: »Er kann weder schwimmen noch lesen.« Gemeint war damit: Er ist ein ungebildeter Mensch. Die Fähigkeit zu schwimmen hatte nicht nur denselben Stellenwert wie das Lesenkönnen. Beides gehörte im Denken der Antike zusammen und ergänzte sich wie Lesen und Schreiben. Schwimmen war ein elementarer Bestandteil der menschlichen Bildung: der körperlichen wie der geistigen. Aus dem panischen Versuch, sich hundepaddelnd oder froschgrätschend über Wasser zu halten, war eine Kulturtechnik geworden.

Schwimmen und Lesen sind zutiefst verwandt: Wer sich im Wasser nicht nur gegen das Ertrinken wehrt, sondern sein Gespür für das Element so weit entwickelt hat, dass er weiß, wie man sich darin bewegt, der »liest« das Wasser mit allen Sinnen. Er »beherrscht« es nicht; das zu behaupten, käme einer Selbstüberschätzung gleich. Doch er beherrscht die Fähigkeit, ihm so nahe zu sein, wie es menschenmöglich ist. Und dazu braucht er ein hohes Maß an Kenntnis und Kontrolle über seine Kräfte, seine Atmung, seine Ängste. Wer schwimmt, liest seinen eigenen Körper im Dialog mit dem Element.

Je mehr die Kulturtechniken des Schwimmens und Lesens verkümmern oder nur unzureichend weitergegeben werden, desto rückschrittlicher ist eine Gesellschaft. Die viel beklagte Bildungsmisere hierzulande zeigt sich nicht zuletzt darin, dass aufgrund der zahlreichen Bäderschließungen, aufgrund von Lehrermangel und knappen Kassen in vielen Schulen kein Schwimmunterricht mehr angeboten wird. Damit gerät nicht nur die Fähigkeit, das Wasser zu lesen, zunehmend in Vergessenheit, es entstehen auch immer mehr Analphabeten des eigenen Körpers. Um das Wort von Prévert zu variieren: Wenn ich ein geschlossenes Schwimmbad sehe, sehe ich einen Ertrinkenden.

Die Bäder dagegen, die in jüngster Zeit gebaut und eröffnet werden, sind überwiegend sogenannte »Spaßbäder«. Auch das ist bezeichnend. Ohne ein quietschfideles »Fun«-Versprechen lässt sich anscheinend keine Familie mehr ins Wasser locken. Dabei ist das Standardargument, die jüngere Generation werde über den Spaßfaktor mit dem Wasser vertraut, äußert fraglich. Adipöse Kinder, die mit Hochgeschwindigkeit durch verschlungene Tunnelröhren rutschen, um in ein brusttiefes Wasserbecken zu klatschen, mutieren nicht zwangsläufig zu Schwimmern. Und den Analphabetismus der Körper überwindet man damit auch nicht. Ein gut angeleiteter Schwimmunterricht ist durch nichts zu ersetzen. Er legt – wie das Lesenlernen – Grundlagen fürs Leben. Im Übrigen ist das beste aller möglichen Spaßbäder immer noch der nächste See, an dem ein Bademeister sicher mehr gebraucht wird als am Beckenrand.

Grund für einen wasserflächendeckenden Kulturpessimismus ist das keineswegs. Denn mit seiner immer noch reichen Fluss- und Seenlandschaft und einer vergleichsweise hohen Wasserqualität (offiziell: Erfüllung der Qualitätsanforderungen der EU-Badegewässerrichtlinie zu 98 Prozent) ist Deutschland ein Schwimmparadies. Im Gegensatz zu vielen anderen Regionen der Welt ist hier fast überall ein schwimmbares Gewässer ohne größeren Aufwand erreichbar.

»Wenn das Wasser nur nicht so kalt wäre!«, halten die Schwimmmuffel dagegen. Doch auch das ist bloß eine Ausrede, wenn wir ehrlich sind. Das Mutterland der Wiederentdeckung des Schwimmens nach einer düsteren Zeit der Sinnenfeindlichkeit im Mittelalter war England, wo das Wasser bekanntlich noch kälter ist. Die spleenigen englischen Aristokraten des 19. Jahrhunderts hat das nicht daran gehindert, sich über die kirchlich tabuisierte Nacktheit hinwegzusetzen, in die Flüsse und Tümpel zu springen und den Schwimmsport salonfähig zu machen.

Temperaturen sind, so grausam das klingt, Einstellungssache. Das kältere Wasser ist immer auch das erfrischendere und fordert zum Schwimmen heraus statt zum bloßen Dahindümpeln, rede ich mir zu – ich verfüge inzwischen über ein ganzes Mantra an Motivationssprüchen und suche mir je nach Tagesform und -schwäche welche aus. Zu guter Letzt liegt es bei jedem selbst, sich den Ruck zu geben und seine Landexistenz für Momente hinter sich zu lassen. Das Wasser ist da und wartet nur darauf, von uns gelesen zu werden. Ich wünsche eine anregende Lektüre.

SCHMELZWASSER
oder Die Glücksreise von einem, der zum Baden in die Berge ging

Ob ich nicht Lust hätte, eine Geschichte über ein abgelegenes Dorf in den Bergen zu schreiben, fragte der Regisseur und Filmemacher in etwa tausend Kilometern Entfernung. »Berge?«, fragte ich zurück. Ich stand in Hamburg auf dem Gerhart-Hauptmann-Platz, und mit dem Handy-Empfang war irgendetwas nicht in Ordnung. Ja, Berge, sagte er unaufgeregt, ihn würde die Geschichte eines kleinen Bergdorfes interessieren, irgendwo in den Schweizer Alpen, nur Steine, Schweigen und Schnee. Ob ich mir vorstellen könnte, darüber zu schreiben?

An diesem Punkt muss ich kurz etwas klarstellen. Meine Eltern sind früher viel umgezogen. Ich wuchs mal hier, mal da auf. Was Heimatgefühle angeht, bin ich von daher nicht so festgelegt. Doch all die wechselnden Landschaften meiner Kindheit hatten eines gemeinsam: Sie lagen am Wasser und waren flach. Berge kannte ich im Grunde nur von der Durchreise – auf dem Weg nach Italien in die Sommerferien. Berge, das waren die Sichtbehinderungen, die am Straßenrand aufragten und mitunter von endlosen Tunneln durchbohrt wurden. Schon als

Kind dachte ich bei einem Berg als Erstes an die Länge des Tunnels. Und das Erraten von Tunnellängen ist mir noch heute als Beifahrer ein lieb gewordener Zeitvertreib. Mit anderen Worten: Ich fühlte mich nicht gerade berufen, die Geschichte eines Schweizer Bergdorfes zu erzählen. Genauso gut hätte ich über die Haftbedingungen in einem australischen Frauengefängnis schreiben können. Doch es sprang immerhin eine Reise für mich heraus. Also sagte ich Ja.

Basel

Die Idee war, zunächst eine kleine gemeinsame Expedition zu machen, sozusagen in der Hoffnung, dass der Berg zu uns spricht. Der Regisseur würde mit mir in ein paar abgelegene Dörfer fahren, um mögliche Schauplätze zu besichtigen. Der Rest wäre Schreiben. Das konnte doch nicht so schwer sein.

Trotzdem war mir etwas mulmig, als ich in Hamburg in den Zug stieg. Geplant war, dass ich erst einmal bis Basel fahre und dort übernachte. Am nächsten Morgen würde ich dann weiterreisen nach Brugg, um dort den Bergregisseur zu treffen. Man müsse früh aufbrechen, meinte er, denn in den Tälern würde es schnell dunkel. Ach, dachte ich und begriff dann, wegen der Berge natürlich!

Der Zwischenstopp in Basel tat gut. Auf diese Weise konnte ich mich mental schon einmal auf die Berge vorbereiten. Die fangen zwar erst hinter Basel an, aber auch in Basel selbst geht es, wie ein berühmter Dichter schrieb, ein bisschen rauf, ein bisschen runter, was im Vergleich zu Hamburg einem Schweizer Bergdorf schon näherkam.

Und außerdem war da der Rhein, an dem ich mich immer zu Hause gefühlt habe. Graugrün und mächtig teilt er die Stadt. Allerlei Wirbel und Quirle spielen auf seiner Oberfläche, so als wäre er hier noch gar nicht ein einziger Fluss wie später bei Karlsruhe oder Köln, sondern das Zusammenströmen vieler verschiedener Gewässer: von Bächen, Flüssen und dem Schmelzwasser aus den Bergen, das nach Schnee roch. Bei Basel ließ sich der Rhein noch auf seine Ursprünge hin lesen, bevor er sich in seinem Verlauf durch das Land glättete und die Wassermassen anfingen, einander zu gleichen.

In Basel am Rhein hatte ich zum ersten Mal das Gefühl, dem Glück auf der Spur zu sein. Es war ein seltsames Wiedersehen mit dem Fluss, weil ich versuchte, in seiner Unruhe immerzu etwas von der Berglandschaft zu erkennen, die mir bevorstand. Und gleichzeitig bewegte das dahingleitende Wasser so viele Erinnerungen an Schwimmausflüge, Brückensprünge und das Treibenlassen in dem schnellgängigen Strom. Doch ich hatte an meine weitere Reise zu denken.

Windisch

Ich schwor mir strikte Wasserabstinenz, als ich am nächsten Morgen in Brugg aus dem Zug stieg. Der Bergspezialist unter den Filmemachern holte mich ab, und ich schaffte es, nicht vom Rhein zu reden, als er mich fragte, wie meine Reise gewesen sei. Stattdessen ließ ich, sooft es ging, das Wort »Berg« fallen und versuchte, dabei nicht an Tunnellängen zu denken.

Aber wir fuhren von Brugg aus gar nicht direkt in die Berge, sondern zuerst nach Windisch, in den Nachbarort, wo der Regisseur im Begriff war, sich auf dem Gelände einer alten Spinnerei ein Loft von der Größe eines Tennisplatzes auszubauen. Stolz zeigte er mir das Areal, und es war um meine guten Vorsätze geschehen. Die stillgelegte Fabrik lag auf einer Insel in der Reuss, an deren Spitze sich der Fluss teilte. Auf der einen Seite drängte das dunkelgrüne Wasser in einem schnell fließenden Arm unter Gebäuden und Brücken hindurch auf die Flutharken der alten Turbinen zu, die von der Kraft des Wassers vibrierten. Auf der anderen Seite floss der über ein Wehr herabstürzende Strom gemächlich in seinem breiten Bett aus rund gewaschenen Findlingen und moosigen Ufersteinen.

Es war unmöglich, an diesem Ort nicht vom Wasser zu sprechen. Und der Regisseur erklärte mir bereitwillig, man nenne diese Gegend auch das »Wasserschloss« nicht etwa weil es ein solches Bauwerk gäbe, sondern weil sich an diesem Punkt die wichtigsten Flüsse der Schweiz zusammenschlossen. Die Reuss aus dem Süden, die Limmat aus dem Osten und die Aare aus dem Westen vereinigten sich hier und mündeten dann in den Rhein. Ich war völlig verwirrt. Wo standen denn jetzt die Berge, über die ich schreiben sollte? Und wie konnte es angehen, dass ich auf meinem Weg in alpines Neuland ausgerechnet in ein Wasserparadies geraten war, in dem von allen Seiten schwimmbare Flüsse zusammenströmten?

Der Regisseur mehrerer einschlägiger Bergfilme hatte Mühe, mich von den Brückengeländern und Flussufern loszueisen, als wir zu seinem Wagen zurückgingen. Grünes, frisches Wasser umgab uns, wo ich auch hinschaute, wirbelnd und einladend klar! Von den Häusern am Reuss-Ufer führten Treppen hinab in den Fluss. Im Sommer stiegen die Anwohner hier ins Wasser, um sich vom Strom bis zur nächsten Brücke tragen zu lassen. Für einen Schwimmer war es geradezu unvorstellbar, diese Flusslandschaft hinter sich zu lassen, ohne auch nur einmal ins Wasser gesprungen zu sein. Doch es war einige Grade unter null, und ich hatte noch eine Bergexpedition vor mir.

Was mir denn für eine Geschichte vorschwebe, fragte mich der Regisseur, als wir wieder im Wagen saßen und durch Windisch kurvten. Ich schwieg. Zum einen weil ich die letzten Flussansichten nicht verpassen wollte. Zum anderen weil sämtliche Geschichten, die mir im Moment durch den Kopf gingen, Geschichten vom Wasser waren. Zum Beispiel die Saga einer Fabrikantenfamilie, die sich zwischen zwei Flüssen niederlässt und ihren Aufstieg der Gunst des Wassers verdankt, in dem sich ihre wechselvollen Geschicke spiegeln, bis zu ihrem Untergang ... Nur leider kamen darin keine Berge vor.

Isenthal

Schweigend durchquerten wir die Alpen. Von den Bergen war nicht viel zu sehen. Hochnebel hatte eingesetzt und das Panorama in winterliche Grauschleier gehüllt. Felswände verloren sich schon nach wenigen Metern in undurchdringlichem Dunst. Einzig die Tunnel deuteten unmissverständlich darauf hin, wo wir uns befanden. Und ich ertappte mich dabei, wie ich unwillkürlich versuchte, anhand der Tunnellänge auf die Höhe der Berge zu schließen. Die Strecke kam mir aus Kindertagen bekannt vor. Als wir den Vierwaldstättersee schräg unter uns liegen sahen, sagte ich nichts.

Wir verließen die Autobahn und fuhren in einer Schleife auf die Urner Alpen zu, um eines der weniger besiedelten Ost-West-Täler anzusteuern. Eisblauer Dunst durchbrach die gleichförmige Nebeldecke und fiel in Wellen die

Steilhänge herab. Kälteblau, konstatierte der Bergkenner knapp. Wir kamen noch einmal fast auf Wasserspiegelhöhe am Vierwaldstättersee vorbei, dann ging es in Serpentinen steil und unerbittlich aufwärts.

»Ich hoffe, du hast keine Höhenangst«, sagte der Regisseur, während wir uns durch blauende Schneelandschaften den Berg hinaufwanden. Höhenangst nicht, dachte ich, nur Angst vor der Tiefe. Ich schaute über die Leitplanken abwärts, sah aber nur ein paar Meter zerklüfteten Stein, der in bauschige Wolkenmeere hinabtauchte. Schnee und Nebel wurden immer dichter, die Straße verengte sich zusehends. Für entgegenkommende Fahrzeuge war schon lange kein Platz mehr. Mir wurde auf einmal bewusst, dass uns auf der ganzen Strecke keine Menschenseele begegnet war. Doch ich bemühte mich, das als ein gutes Zeichen zu sehen. Wir näherten uns Isenthal.

Der Regisseur schien nicht im Mindesten beunruhigt. Er hatte hier oben vor Jahren einen Film gedreht: die Geschichte eines Bergbauern, der sich eine Asiatin kauft und heiratet, um die Einsamkeit zu besiegen – was das ganze Dorf gegen ihn aufbringt. Dabei bekam es der Regisseur schon sehr bald selbst mit dem Dorf zu tun. Um überhaupt eine Dreherlaubnis zu erhalten, musste er der Gemeinde seine Filmidee vorstellen, wohlgemerkt nicht einem Gemeinderat oder sonst einer Vertretung, sondern sämtlichen Dorfbewohnern. Dann wurde basisdemokratisch abgestimmt. Eine knappe Mehrheit war für den Film, unter einer Bedingung: Das Team musste in den beiden verfeindeten Dorfkneipen gleich viel Geld ausgeben.

Wir hielten auf einem verschneiten kleinen Parkplatz vor dem Friedhof und stiegen aus. Isenthal bestand aus einer Dorfkirche mit einem irreal roten Zwiebelturm und vielleicht zwanzig geschindelten Häusern. Mit seinen beiden Kneipen war es das Zentrum des Tals. Aus den Bergen kamen die Bauern mit selbst gebauten Seilbahnen in den Ort. Allerdings gingen Mann und Frau so gut wie nie zusammen aus. Einer musste immer oben bleiben, um die Seilbahn zu bedienen.

Ich war in eine völlig fremde Welt geraten und fühlte mich wie der unbefugteste Alpinist aller Zeiten, auch wenn es außer Schnee und Nebel nicht viel zu sehen gab. Der Regisseur ließ den Wagen stehen und marschierte entschlossen weiter bergauf. Er wollte zu dem Hof, auf dem seinerzeit sein einsamer Filmbauer gehaust hatte.

Wir hatten keine fünfhundert Meter zurückgelegt, als sich der Nebel auf einmal lichtete. Schroffe Felswände erhoben sich ringsum, überzogen von Schneeadern und dünnen Vegetationsstreifen. Die kantigen, marmorweißen Gipfel erstrahlten in der untergehenden Sonne und ragten wie ausgeschnitten in den unverwandt blauen Himmel. Wir stiegen noch ein-, zweihundert Meter höher und hatten jetzt auch freie Sicht ins Tal, wo das Dorf im Schneekugelformat vor sich hinträumte. Ein Wunder, dass es plötzlich so aufgeklart sei, staunte ich. »Thermik«, sagte der Regisseur.

»Und was ist das?« Das Knattern naher und ferner Motorsägen war für einen Moment verstummt, nun war ein beständiges Rauschen zu hören, das die gesamte Stille des Tals zu umfassen schien. »Das?«, der Regisseur horchte kurz auf. »Der Bach.« Er zeigte auf eine verästelte schwarze Furche im Schnee, die auf einen ovalen Kolk zulief, in dem sich das Schmelzwasser glitzernd sammelte. Ich konnte nicht anders, ich musste es mir anschauen. Das Felsenbecken war vielleicht zweieinhalb Meter tief, doch man konnte bis auf den Grund sehen, wo sich die Kiesel wie hinter einem blaugrünen Schleier einzeln abzeichneten. »Blaugrün« war nicht ganz das richtige Wort.

»Wenn du hier ins Wasser spuckst«, grinste der Regisseur, »dann fließt es durch den Vierwaldstättersee, die Reuss hinab zum Wasserschloss und weiter in den Rhein.« Ich starrte auf das zusammenströmende Wasser mit dieser unfassbaren Farbe, die weder Türkis war noch Aquamarin, sondern den Eindruck einer ungeheuren Tiefe, ja, Ferne vermittelte. Es war gewissermaßen kälteblau!

»Was ist«, erkundigte sich der Regisseur eher besorgt als neugierig, »hast du eine Idee?« – »Kann sein«, murmelte ich und versuchte dabei, möglichst nachdenklich auszusehen, aber in Wirklichkeit war ich einfach nur glücklich.

PILGER DER WASSERSTRASSEN

Über die Sommersaison in Dover

Der Sand von Shakespeare Beach ist schlammgrau, grobkörnig und glanzlos wie der Rücken eines vorsintflutlichen Tieres, das den Kopf nicht mehr aus dem Wasser hebt. Eisenbahntrasse und Autobahn rauschen dicht vorbei. Shakespeare Beach, das ist ein schöner Name für ein ziemlich hässliches Stück Strand und doch so etwas wie geweihter Boden. Denn hier beginnt der Jakobsweg der Langstreckenschwimmer, ihr größtes Martyrium: die Überquerung des Ärmelkanals von Dover nach Calais.

Ein paar Autominuten entfernt das Hafenbecken von Dover: kein Sand, Steinstrand, Kies. Man taumelt schon, wenn man nur hinunter ans Wasser geht. Die Nordsee lädt nicht gerade zum Baden ein, das eigentliche Vergnügen besteht in ihrer Überwindung. Und doch hält mich die Neugier auf dieses oft verschmähte Meer seit Tagen fest. Wer hier nicht schwimmt, der ist kein Schwimmer.

Die See ist unruhig, aufgewühlt, der Himmel bedeckt, Wolken treiben dahin. Die weiße Fahne oben auf der Felsenburg flattert. »*Watch the flag*«, sagen die Einheimischen.

Wenn sie stramm in der Luft steht, sollte man das Wasser meiden. Doch so schlimm ist es heute nicht. Eher launisch schlägt sie aus, in verschiedene Richtungen, und fällt dann wieder in sich zusammen. Keiner lässt sich davon abhalten zu trainieren. Zoltan, der Kroate, zieht seit zwei Stunden seine Bahnen, zusammen mit seiner Trainerin, einem robbenartigen Wesen, das den Mund nicht aufmacht, es sei denn für einen kurzen Befehl. Sie hat den Ärmelkanal schon zweimal durchschwommen und weiß, wie das geht. Aber sie lächelt nie.

Luther, der Australier, kommt die Kaimauer herunter, begleitet von seinem Coach, der sich die Schirmmütze tief ins Gesicht zieht. Gestern um fünf Uhr morgens waren sie von Shakespeare Beach aufgebrochen zu jener magischen Strecke von England nach Frankreich: dreiunddreißig Kilometer Luftlinie, im Wasser hingegen eine gezeitenbedingte S-Kurve von vierzig bis sechzig Kilometern, ein unwägbares Abenteuer der Tiden, Strömungen und Wetterwechsel. Luther kann schon wieder lächeln und zeigt seine Zähne, ein Baum von einem Kerl mit Schwimmerkreuz und einem Brustkorb, den er aufpumpen kann wie einen Hüpfball. Er ist gescheitert. Nach zehn Stunden und einundfünfzig Minuten. Er war in die Gezeitenfalle geraten. Als Schwimmer, der unter normalen Umständen spielend vier Kilometer in der Stunde schafft, hatte er auf einmal die Strömung gegen sich. Raumgewinn nach zwei Stunden erbittertem Kampf mit dem Meer: einhundert Meter. Eine Meile vor der Küste war Schluss, das Ufer von Calais schon in Sichtweite. Luther grinst mit Tränen in den Augen.

Eine japanische Damenstaffel kommt aus dem Wasser, nach drei Stunden Kältetraining. Das schmächtigste der vier Mädchen zittert erbärmlich, heißer Tee hilft da nicht mehr, ihr Trainer schüttet mehrere Kessel dampfendes Wasser zusammen und übergießt sie damit. Das Zittern hört auf. Die Älteste in der Mannschaft ist in ihrem wirklichen Leben Investmentbankerin in Tokio und nicht zum ersten Mal hier. Stolz zeigt sie mir die roten Striemen auf ihrem Rücken. Vor zwei Tagen war sie in einen Schwarm von Feuerquallen geraten. Als ich das Gesicht verziehe, schüttelt sie den Kopf. Nein, nein, es sei nicht so schlimm gewesen, sagt sie in vorzüglichem Oxford-Englisch, es habe endlich einmal auf andere Weise wehgetan.

Es ist eine kleine, eingeschworene Schwimmer-Gemeinschaft, die sich während der Sommermonate in den Wohnwagenparks und Hotels in und um Dover versammelt. Alle haben sie jahrelang für den Tag ihrer Querung gelebt und trainiert. Dover mit seinen viel besungenen weißen Klippen ist vom traurigen Schicksal der englischen Seebäder keineswegs verschont geblieben, wurde aber nicht so hart getroffen wie die übrigen Badeorte. Nach ihrer großen Zeit um die Jahrhundertwende und einer kleinen Renaissance in den sechziger, siebziger Jahren folgte der Verfall: Der Ferntourismus lockte mit Sonne und makellosen Stränden, die mit dem Schlammrücken von Shakespeare Beach nichts als den Namen gemein hatten. Inzwischen kommen wieder mehr Feriengäste – die, die sich die Ferne nicht mehr leisten können, und die Schwimmer mit ihrer Mission.

Als ich ins Wasser wate, kommt mir Brian entgegen, ein Original des Ortes, weit über sechzig, rotgesichtig, Sommersprossen und Narben am ganzen Körper. Darüber, ob er jemals selbst den Ärmelkanal durchschwommen hat, kursieren unterschiedliche Gerüchte. Aber er war bei unzähligen Querungen und Querungsversuchen als Beobachter im Beiboot mit von der Partie. Ob es ihn nicht manchmal langweile, anderen Menschen zwölf bis achtzehn Stunden beim Schwimmen zuzusehen, wollte ich bei unserer ersten Unterhaltung wissen. Brian hatte den Kopf schräg gelegt und geantwortet, es werde nie langweilig, einem Menschen bei dem Besten zuzuschauen, was er vermag.

Die See, die mit kurzen, kabbeligen Wellen an meine Brust schlägt, ist nicht wärmer als dreizehn Grad, die Lufttemperatur beträgt maximal sechzehn. Ich beiße die Zähne zusammen. Brian, nach seinem täglichen Schwimmausflug am ganzen Leib krebsrot, sieht, wie ich friere, und lacht: »Wenn dir kalt ist, zieh ’ne Badekappe über!« Auf seiner signalgelben Gummikappe stehen die verwaschenen Initialen der Channel Swimming Association, CSA, die das Treiben der Ärmelkanalschwimmer überwacht. Sie hat auch die strengen Regeln dafür aufgestellt, was als Querung gilt und was nicht. Hilfsmittel wie Neopren-Anzüge oder Flossen sind verboten. Der wahre Schwimmer startet nur mit Badehose, Schwimmbrille und, natürlich, Badekappe im Morgengrauen von Shakespeare Beach. Einzige Annehmlichkeit: eine Handvoll Melkfett zum Einschmieren von Nacken, Achseln, Innenschenkeln, damit sie nicht im Salzwasser wund scheuern. Ich mache Brian zuliebe ein entschlossenes Gesicht, strecke die Arme aus und tauche ein.

Der erste Mensch, der den Ärmelkanal durchschwamm, war Kapitän Webb. Er brauchte zweiundzwanzig Stunden. Nach seiner erfolgreichen Überquerung am 24. August 1875 befand sich England im Ausnahmezustand. Webb war nicht der erste Mann auf dem Mond, doch nach seiner Durchschwimmung war der Ärmelkanal nicht mehr dasselbe Gewässer. Das Meer schien auf einmal durch Menschenkraft allein bezwingbar. Schon damals stellten Journalisten Fragen wie heute. Als ein Reporter von Webb wissen wollte, wie er sich fühle, antwortete der Schwimmgigant, es gehe ihm gut. Er habe nur einen leichten Muskelkater in den Beinen, wie zu Beginn der Kricketsaison. Eine typisch englische Untertreibung. Tatsächlich konnte Webb nach seinem Schwimm-Marathon eine Woche lang kein Hemd mit Kragen tragen. Um seinen Hals, den er so lange in einer Haltung über die Wellen gestreckt hielt, hatte sich ein tiefroter Ring rohen Fleisches gebildet. Heute hat man ein Schmierfett nach ihm benannt.

Webb war die gesamte Strecke im Bruststil geschwommen, das Kraulen war noch nicht erfunden. Gut fünfzig Jahre dauerte es, bis 1926 die erste Querung im Freistil gelang – durch eine Frau. Gertrude Ederle, eine Amerikanerin deutscher Abstammung, schaffte die gesamte Strecke in 14 Stunden und 31 Minuten. Damit unterbot sie den damaligen Rekord der Männer um zwei Stunden. Der Preis, den sie dafür zahlte, war hoch. Durch die unentwegten Welleneinschläge nahm ihr Gehör nachhaltig Schaden. Gertrude Ederle litt seitdem an Gleichgewichtsstörungen und wurde zeitlebens von Nervenzusammenbrüchen heimgesucht.

Inzwischen sind viele dem Beispiel von Kapitän Webb und Gertrude Ederle gefolgt, Rekordjäger, Schwimmverrückte, Wasserpilger. Doch die Strecke ist dadurch nicht kürzer oder ungefährlicher geworden. Nach offizieller Zählung der CSA haben es nicht einmal siebenhundert Menschen überhaupt geschafft, weitaus weniger als bisher auf den Mount Everest geklettert sind. Und manche kehren nie mehr zurück, wie in dem Fall eines ehrgeizigen Schweizers, der ohne jedes Anzeichen von Erschöpfung neben seinem Beiboot durch die Wellen tauchte und plötzlich nach einem kleinen Schaumwipfel auf Nimmerwiedersehen verschwunden war. Seine Leiche wurde nie gefunden.

Bleibt die Frage, warum: Warum tun Menschen sich das an? Warum opfern sie ihren Jahresurlaub, ihre Ersparnisse, um sich im kalten Nordseewasser zu schinden bis zum Gehtnichtmehr? In der Gemeinde der Festentschlossenen stellt sich niemand diese Frage. Für sie ist es mehr als eine Lebensaufgabe, es ist ein Gebot, ein Gelübde.

Nach den ersten Bahnen durchs Hafenbecken ist die Kälte nur noch ein vages Prickeln auf meiner Haut. Die Nordsee überrascht mich mit ihrer Geschmeidigkeit, ihrer Frische, ihrem feinsalzigen Geschmack – nicht wie das lauwarme Spaghetti-Wasser des Mittelmeers, in dem man beim Schwimmen schwitzt. Am Ende des Hafenbeckens geben die Kaimauern den Blick frei auf die herbe Schönheit grauschwarzer Wellen, deren Schaumkronen einem wie in wildem Spiel um die Ohren fliegen. Überwindung verwandelt sich in Glücksgefühl, der Klammergriff der Kälte in eine angenehme Taubheit. Doch auch die kann trügerisch sein. Bei Schwimmern, die »zu dünn« sind für den Kanal, die nicht die richtige Fettschicht haben, beschränkt sich der Kreislauf zunehmend auf die inneren Organe, das kalte Blut in den Extremitäten wird kaum noch bis zum Herz gepumpt und wenn, dann verursacht es schmerzhafte Kältestöße. Wenn diese Schwimmer nach ihren Trainingsrunden aus dem Wasser kommen, haben sie kein Gefühl mehr in den Beinen. Einige müssen regelrecht aus dem Wasser gezogen werden.

Als ich nach anderthalb Stunden aus dem Hafenbecken kraxele, sitzt Brian noch am Kai, vor sich eine Thermoskanne mit heißem Tee, den er mit irgendetwas Hochprozentigem »verdünnt« hat. Er bietet mir einen Schluck von seinem Spezialgrog an, ich setze mich neben ihn und schaue aufs Wasser. Wenn nur die Kälte nicht wäre. Unterkühlung ist einer der häufigsten Gründe für den Abbruch eines Querungsversuchs. Bei einigen Schwimmern wurde eine Kerntemperatur von einunddreißig Grad gemessen. Bei dreißig Grad beginnt das Sterben.

Ich frage Brian, ob eine Chance besteht, dass es wärmer wird. Wir reden übers Wetter, die Fahne auf der Felsenburg im Blick. Selbst nach zwei, drei sonnigen Tagen, meint Brian, erreicht das Wasser hier nicht mehr als achtzehn Grad, außerdem ist die Wetterlage über dem Kanal notorisch unbeständig. »Also, kauf dir eine Badekappe«, wiederholt er seinen Rat. – Achtzehn Grad, denke ich, das halte ich vielleicht zwei, drei Stunden aus, aber niemals zehn oder zwölf. Brian sieht mich von der Seite an, er scheint zu wissen, was in mir vorgeht. »Die Temperatur hat auch ihr Gutes«, sagt er tröstend, »für Haie ist das Wasser des Ärmelkanals in der Regel zu kalt.«

DER PERFEKTE TAG

Perfekte Tage erlebe normalerweise nicht ich, sondern mein Bruder. Er hat seinen Traum wahr gemacht, ist nach Italien gezogen ins ligurische Hinterland und lebt dort als Olivenbauer in einer kleinen Kommune in den Bergen oberhalb von Ventimiglia. Die Winter sind mild, die Sonnenstunden zahlreich, eine mediterrane Ruhe liegt über dem Land. Die großen Weltprobleme scheinen hier weit weg zu sein. Die einzige Verbindungsstraße windet sich so schmal und beschwerlich bergauf, dass man hupen muss, wenn man um eine der Haarnadelkurven fährt. Es ist ein melodiöses Hupen, das vom Tal heraufönt. Das Horn des örtlichen Kleinbusses, der die Alteingesessenen zum Einkaufen in die Stadt und wieder zurück bringt, stößt in regelmäßigen Abständen eine rasche Dreiklangfolge aus, die in den Bergfalten verhallt – ein ferner Gruß von Urbanität und Verkehr.

Hier oben braucht man nicht viel zum Leben. Obst und Gemüse gedeihen üppig in den Gärten entlang der Bevera, dem kleinen Bergfluss, der sich über Fels und Geröll am alten Friedhof vorbei ins Tal schlängelt. Weiter hangaufwärts ist der Berg von Oliventerrassen umgürtet. Die Bruchsteinmauern, die die Erde halten, wurden teils vor über tausend Jahren angelegt. Ohne Mörtel und Zement sind die Steine und Felsbrocken, die der Berg hergibt, nach alter Kunst so verkeilt und verkantet, dass es keinen Baustoff von außerhalb braucht, lobt mein Bruder aus Überzeugung. Es gehört zu seinem Traum, autark und so weit wie möglich Selbstversorger zu sein. Insofern lässt er auch an seine Oliven nichts kommen außer Naturdünger und Permakultur. Wie das geht, erklärt er gelegentlich Delegationen anderer Öko-Kommunen und Besuchergruppen aus Baden-Württemberg, die anreisen, um die Bäume zu umarmen. Wenn sich Gäste und Bewohner dann bei Sonnenuntergang zum Abendessen auf den Dachterrassen der kleinen Siedlung versammeln, die wie ein einziges ineinander verschachteltes Haus an den Hang gebaut ist, geht für die meisten von ihnen ein perfekter Tag zu Ende.

Mich befällt in solchen Momenten oft eine seltsame Schwere, vielleicht sogar Schwermut, weil ich spüre, dass dieses Leben – so gut und richtig es sich anfühlt – nicht mein Leben ist. Ich schreibe inzwischen lange genug, um zu wissen, dass die Arbeitstage am Text nie so rund werden und ausklingen. Sie sind verkapselt und weniger teilbar als das Landleben meines Bruders, selbst wenn sie einigermaßen krisenfrei verlaufen. Und darüber muss man schon froh sein! Beim Tagwerk des Schreibens gilt es als Erfolg, wenn man es schafft, das Scheitern zu verhindern und am Abend so weit zu kommen, dass man am nächsten Morgen weiterschreiben kann. Denn sowohl das Schreibproblem als auch seine Lösung sind frei erfunden und dem Zweifel wie der Verzweiflung jederzeit preisgegeben. Aus dem Grund habe ich vor Jahren schon aufgehört, perfekte Schreibtage oder rauschhafte Dichternächte zu erwarten, nicht enden wollende Inspirationen und Geniestreiche ohne Unterlass. Es gibt inspirierte Momente, durchaus, Erkenntnisse und Lichtblicke immer wieder, aber das sind oft Details und keine Großtaten. Das Perfekte ist die Ausnahme, nicht die Regel. Und am Ende bin ich schon dankbar, wenn der Alltag gelingt und ich einen weiteren Stein setzen konnte in dem komplexen Gebäude einer Geschichte namens Roman.

Aber natürlich hat mein Bruder auch seine Sorgen. Sie sind etwa ein Meter dreißig lang, Paarhufer, haben ein borstiges Fell und bringen gut und gerne 150 Kilo geballtes Lebendgewicht auf die Waage. Die Rede ist von Wildschweinen, Horden von Wildschweinen. Bitte nicht schmunzeln, das ist ein reales Problem.

Die Wildschweine Liguriens stehen unter Naturschutz, was mein Bruder grundsätzlich richtig findet. Jagen darf man sie nicht, trotz der Nähe zur französischen Grenze, dem Land von Asterix und Obelix. Doch sämtliche Versuche, sie mit friedlichen Mitteln von den Oliventerrassen fernzuhalten, schlagen in schöner Regelmäßigkeit fehl. Zäune werden überrannt, Abschreckungsmaßnahmen ignoriert, nichts hilft. Mit der Durchschlagskraft mittlerer Handgranaten wühlen sie das Erdreich auf, reißen Mauern und Befestigungen ein, zertrampeln und zerstampfen, was ihnen unter die Hufe kommt. Lawinenartige Schneisen der Verwüstung zeigen sich tags drauf, denn meist marodieren die Tiere bei Nacht. Am Morgen danach gleicht die tausendjährige Kulturlandschaft einem Trümmerfeld.

Dem geduldigen Landmann bleibt nichts anderes übrig, als die Ruinen wiederaufzubauen, was nicht nur viel Zeit und Schweiß erfordert, sondern vor allem eine Expertise, die immer seltener wird. Die Mauern und Einfriedungen der Oliventerrassen Liguriens sind Kunstwerke, Mosaike aus Findlingen und Bruchstein, für deren Zusammensetzung man nicht nur handwerkliche Geschicklichkeit braucht, sondern auch das Auge eines Künstlers, der in einem Trümmerhaufen bereits die Struktur und Statik der zu schaffenden Gestalt erkennt. Das kann heute kaum noch wer. Rolando ist einer Letzten.

Und einer der Besten.

Wenn Rolando zu Besuch kommt, ist mein sonst so südländisch gelassener Bruder angespannt und geradezu teutonisch übereifrig. Pünktlich bei Sonnenaufgang drängt er zum Aufbruch, damit der schwerste Teil der Arbeit noch vor der Mittagshitze geschafft ist. Ich kann seine Aufregung verstehen. Genau wie er brenne ich darauf, Rolando über die Schulter zu gucken. Vielleicht, denke ich, kann ich noch was lernen und mir bei ihm abschauen, wie man die Bruchstücke und losen Bausteine wieder zusammensetzt, denn auch mein Roman liegt gerade in Trümmern. Also lasse ich die Großbaustelle auf meinem Schreibtisch ruhen und gehe mit in die Oliven, reale Steine klopfen. Niemand muss mich dazu überreden.

Mein Bruder kraxelt wie eine Bergziege voran, während die Sonne allmählich über die Grate steigt und immer breitere Vegetationsstreifen aus der Dämmerung hebt. Ein paar kleinere Schäden und Abbrüche lassen wir hinter uns und erreichen schließlich das Epizentrum der Zerstörung, wo sich eine ganze Wildschweinrotte erdrutschartig über Mutterboden und Mauern hergemacht hat. Ich bin von dem Ausmaß der Verheerungen beeindruckt, Rolando hat offenbar schon Schlimmeres gesehen. Er fachsimpelt mit meinem Bruder kurz auf Italienisch und gibt mir dann ein paar knappe Anweisungen auf Gebrauchsenglisch. Mein Bruder drückt mir eine Schaufel in die Hand, ich schippe die Erde beiseite, lege die Grundmauern frei und sortiere die herausgebrochenen Steine nach Größe in drei Haufen. Als Hilfsarbeiter ohne nennenswerte Kenntnisse, kurz »Honk«, bin ich zu mehr als den gröbsten Aufräumarbeiten nicht geeignet und komme manchmal schon ins Schwitzen, wenn ich selbstständig entscheiden soll, ob ein bestimmter Stein nun klein, groß oder mittel ist.

Ganz anders Rolando. Er zögert keine Sekunde, sondern greift zielsicher die passenden Stücke, so als hätte er diese Mauer gestern erst gebaut und würde sie nun noch einmal zusammensetzen wie ein Puzzle, das er im Schlaf kann. Er arbeitet ohne Schnur und Steinsäge, sogar ohne Vorschlaghammer. Kein Stein ist ihm zu klobig, kein Bruchstück zu schief. Er scheint über einen inneren Setzkasten zu verfügen, in dem eine Vielfalt von Formen und Größen Platz hat, so als gäbe es keinen falschen Stein, nur falsche Stellen. Wenn ich das auf meinen eingestürzten Roman übertragen könnte, denke ich und werde innerlich blass vor Neid und Bewunderung. Äußerlich glühe ich in der Hitze.

Es ist Mittag, und mein Bruder sieht sehr zufrieden aus. Zwar fehlt oben noch ein kleiner Mauerrest, doch die entsprechenden Steine sind offenbar weiter hinabgerollt und liegen über tiefere Terrassen verstreut. Wir werden sie später zusammensuchen und machen im Schatten der Olivenbäume erst einmal Pause. »Picknick«, lautet die Sprachregelung international. Mein Bruder verteilt Köstlichkeiten aus eigenem Anbau, nicht nur Oliven, sondern auch getrocknete Tomaten und eingelegte Auberginen mit selbst gebackenem Brot. Währenddessen radebrechen wir auf

Italienisch, Englisch und Deutsch über Wildschweine und Romane, Bücher, die Rolando gelesen hat, und Bauten, die er schätzt.

Es verspricht, ein weiterer perfekter Tag zu werden.

Bevor ich hangabwärts steige und mich auf die Suche nach den fehlenden Steinen mache, will ich Rolando noch eine Frage stellen, die mir seit dem Steineschleppen und Haufenbilden nicht aus dem Kopf geht: Gibt es unter all den Formen, den runden, kubischen, eckigen, den glatten und gebrochenen, irgendeine, die für den Bau des Ganzen am besten ist? Eine Form, die immer passt und alles trägt? Gibt es den perfekten Stein?

Es sind tatsächlich mehrere Fragen und irgendwie scheinen sie mir für meinen Roman wichtig zu sein. Rolando blinzelt in die Sonne und sieht mich an. Er braucht nicht lange zu überlegen.

»A brick«, sagt der Mann, durch dessen Hände die vielgestaltigsten Steine gegangen sind, mit rollendem R und lacht, um dann für mich auf Italo-Deutsch hinzuzufügen: »eine Backstein«.

DIE IDEALE LESUNG

Am Beispiel einer nicht idealen …

1. Du kommst zu spät. Erst dachtest du, du würdest zu früh kommen, fast bis zuletzt, dann wird es doch noch hektisch und Gewissheit, dass du es nicht mehr pünktlich schaffst. Und die Zeit holst du nie wieder ein.
2. Du findest den Ort nicht. Dabei hat der Veranstalter dir dreimal den Weg beschrieben. Aber du kannst dich an keine Details mehr erinnern, nur an die Formulierung: »nicht zu verfehlen!«
3. Du bist endlich richtig und rechnest mit einem Saal voll enttäuschter, wütender Leser. Doch offenbar unterhalten sich die Leute auch ganz gut ohne dich und haben einander mehr zu erzählen als du ihnen.
4. Der Moderator ist krank und wird von einer netten Praktikantin ersetzt, die erst kurz vor Lesungsbeginn erfahren hat, dass es dich gibt.
5. Die Praktikantin ist wirklich sehr nett, aber der Moderator kommt doch noch trotz schwerer Erkältung und ist der Held.
6. Im Kalendarium des einzigen Lokalblatts wurden die Orts- und Zeitangaben deiner Lesung mit denen der

Ü-60-Single-Party nebenan verwechselt. Es handelt sich um eine Motto-Party. Und du fragst dich den ganzen Abend – während ältere Herrschaften in rätselhafter Entstellung die Köpfe hereinstecken –, was dieses Motto gewesen sein könnte: Die wilden Siebziger? Oder die Morlocks?

7. Die Frau an der Kasse meint, ein Bus aus dem Nachbarort würde sich ebenfalls verspäten, man solle doch noch fünf Minuten warten. Der Bus kommt nach zehn Minuten tatsächlich. Nur will keiner der Insassen zur Lesung (und alle zur Kostümparty).
8. Zu den fünfzig Karten im Vorverkauf ist an der Abendkasse keine einzige hinzugekommen. Dafür werden etliche Reservierungen nicht abgeholt.
9. Der Zuschauerraum ist leer, bis auf zwei zerstrittene Deutschlehrer in der ersten Reihe und die Verwandtschaft des Buchhändlers sowie sämtlicher Mitarbeiterinnen.
10. Der Saal ist halb voll, stellt sich aber im weiteren Verlauf als halb leer heraus.
11. Der Saal ist bumsvoll, aber alle erwarten Frank Schätzing.
12. Der Moderator rezitiert zur Begrüßung deinen Wikipedia-Lebenslauf und spricht dich dabei direkt an (in der zweiten Person Plural), als müsste er dich an all deine Sünden erinnern.

13. Wenn du nur wüsstest, wie man Wikipedia-Einträge korrigiert!
14. Als die Literaturpreise und Auszeichnungen deines Lebens aufgezählt werden, fragst du dich schlagartig: Womit habe ich das verdient? (Oder auch: Habe ich das verdient?)
15. Der Zweck von Autorenbiografien, denkst du, ist die Einschüchterung des Publikums. Das funktioniert erstaunlich gut bei dir selbst. Der Rest der Zuhörer wirkt eher desinteressiert.
16. Du bekommst Applaus, als du dich auf den Stuhl hinter dem Tisch setzt und das Wasserglas zum Überschwappen bringst.
17. Als du den ersten Satz ins Mikro sagst, fällt dir auf, dass es a) aus ist. Dass du b) nicht weißt, wie es angeht. Dass du c) keinen Soundcheck gemacht hast. Dass du d) einen Soundcheck gemacht hast, der auch nichts nützt, weil du wie Kermit der Frosch klingst. Dass man dir e) gesagt hatte, die Akustik sei viel besser, wenn Leute im Zuschauerraum säßen, weil sie den Schall brechen. Dass f) diese Leute im Zuschauerraum vielleicht den Schall brechen, aber kein Wort von dem verstehen, was du sagst. Dass du g) schon am Ende des Satzes bist, während das Saalecho gerade deinen Satzanfang zurückwirft. Dass du h) den Mikropuschel praktisch im Mund hast und immer noch näher

ans Mikrofon ransollst. Dass immerhin i) die Schmatz- und Schlürfgeräusche bestens verstärkt sind.

18. Als du den ersten Blick in dein Buch wirfst, merkst du, dass es a) das falsche ist. Dass du b) so langsam eine Lesebrille brauchst. Dass c) die Beleuchtung diffus ist und du nur raten kannst, was du geschrieben hast, d) die Beleuchtung grell ist und du eine Sonnenbrille bräuchtest, dass e) eigentlich gar nichts zu sehen ist, außer, dass deine Nichtlesebrille nicht geputzt ist. Dass f) der Scheinwerfer punktgenau auf deinen Scheitel niederbrennt und du mit einem Sonnenstich aus dieser Indoor-Lesung kommen wirst.
19. Du trinkst einen Schluck Wasser.
20. Es ist »Staatlich Fachingen«. Du fühlst dich krank und kleckerst.
21. Die Wasserflecken auf deinem Hemd werden im Scheinwerferlicht trocknen. Wenn die Lesung vorbei ist und dich keiner mehr sieht, wirst du wieder aussehen wie ein normaler Mensch.
22. Keiner der Zuschauer guckt dich an. Aus irgendeinem Grund irritiert dich das, doch du sagst dir, das ist schon okay, sie sind schließlich zur Autoren-Lesung hier und nicht zur Autoren-Besichtigung.
23. Es ist natürlich nicht okay.
24. Man schließt ja auch nicht mitten im Gespräch die Augen und sagt, so kann ich dir besser zuhören.

25. Dich beschleicht der Verdacht, dass neunzig Prozent der Zuschauer nicht an dir vorbeistarren, sondern unter den Lesetisch auf deine Schuhe, die ziemlich ausgelatscht sind, auf deine Füße, die unfreiwillig wippen, auf deine Beine, deren Position dir auf einmal obszön vorkommt. Aber die Beinhaltung jetzt zu verändern, wäre wie ein Geständnis.
26. Du wünschtest, du könntest die Augen zumachen und wärst unsichtbar.
27. Du trinkst noch einen Schluck Wasser, und dir fällt ein, dass du vergessen hast, auf die Toilette zu gehen.
28. Du hattest dir ein paar sehr brillante und lustige Sätze für den Einstieg überlegt. Stattdessen stammelst du eine Einleitung, in der du dein eigenes Buch nicht wiedererkennst.
29. Du hörst dir selber beim Reden zu und weißt schon nach den ersten Worten, dass es heute mit Sprechen nichts wird.
30. Du lauschst deinem eigenen S-Fehler.
31. Du redest zu schnell.
32. Du denkst zu langsam.
33. Dein Mund ist trocken, aber deine Aussprache feucht.
34. Allmählich kommen dir Zweifel.
35. Du hast das Gefühl, eine halbe Stunde gelesen zu haben, und es sind erst fünf Minuten um.

36. Du beneidest die Zuschauer dafür, dass sie aufstehen und zur Toilette gehen können. Die wenigsten kommen wieder. Nur einer hat seinen Schal vergessen.
37. Er geht zum zweiten Mal.
38. Wer, fragst du dich, verlässt eine Lesung schon nach fünf Minuten, nachdem er eine halbe Stunde darauf gewartet hat, dass sie anfängt.
39. Aber genauso gut könntest du dich fragen, wer geht auf die Bühne, wenn er eigentlich aufs Klo muss.
40. Du sehnst die beste Pointe deines Textes herbei und vermasselst sie schon im Vorfeld.
41. Du machst einen Witz über die katholische Kirche und merkst dann erst, du liest in Paderborn.
42. Du sagst etwas Nettes über den Papst und liest in Neukölln.
43. In der vierten Reihe rechts sitzt ein Mann, der dich an deinen Vater erinnert, an deinen Lektor, an den Rektor deines Gymnasiums, den Literaturkritiker, der dich regelmäßig vernichtet, den Fußballtrainier, der dich nie eingewechselt hat, deinen Vermieter, bei dem du in Rückstand bist, deinen Großvater mit der Vergangenheit, an Goethe und/oder Schiller.
44. In der fünften Reihe links sitzt eine Frau, die dich an deine Grundschullehrerin erinnert, an deine Kindergärtnerin, deine Tagesmutter, Frau Grote, Frau Schröder, Frau Wie-hieß-sie-noch, an Oma und Goe-

the und Schiller und Büchner, der in deinem Alter schon tot war.

45. Du hast das Gefühl, eine Stunde gelesen zu haben, und es sind erst sieben Minuten.
46. Du versuchst, dir die zehn Gebote in Erinnerung zu rufen, aber dir fällt nur das fünfte ein:
47. Du sollst nicht walsern!
48. Und das sechste: Sprich nie schlecht von Kollegen!
49. Oder war es das siebte? In jedem Fall stammt es von Walser.
50. Oder auch nicht.
51. Dir kommen immer größere Zweifel.
52. Du nuschelst.
53. Du hast Mineralwasser mit Kohlensäure gewollt, das rächt sich jetzt.
54. Du liest wie eine Flasche mit Überdruck.
55. Gas entweicht, Zeit vergeht.
56. Du verliest dich, fängst mit dem falschen grammatischen Fall an und versuchst, den Satz zu Ende zu improvisieren. Er verunglückt auf halber Strecke.
57. Weil man sonst den Zusammenhang nicht kapiert, baust du mehrere Relativsätze ein. Du hasst Relativsätze, vor allem Relativsätze, die, kaum begonnen, schon wieder durch andere Relativsätze unterbrochen werden, die …
58. Du unterbrichst.

59. Du machst einen Sprung.
60. Du versuchst, die Schwächen des Textes durch eine sympathische Ausstrahlung auszugleichen. Dann entdeckst du dein Spiegelbild in einer Glasscheibe, und es ist das Ende aller Illusionen.
61. Du bemühst dich zu lächeln, die Bemühung sieht man.
62. Wenn du ein bisschen mehr jandeln könntest!
63. Oder ein bisschen achterbuscheln, das wäre schön.
64. Du klingst wie ein Karaoke-Sänger abgedroschener Satzmelodien.
65. Dir fällt plötzlich ein, wie die Frau heißt, deren Namen du die ganze Zeit gesucht hast: Frau Kröpke! Aber du weißt nicht mehr, wer sie war.
66. Ein Herr in der vorletzten Reihe räuspert sich, und du verstehst es als Kritik.
67. Eine jüngere Dame links vorne mit Hut niest aus Protest.
68. Eine ältere Dame ohne Hut in der Mitte hat einen Hustenanfall. Du hoffst, es ist Asthma, aber es geht klar gegen dich.
69. Ein Abiturient, der an einer Säule lehnt, nickt bei fast jedem Halbsatz zustimmend, strahlt dich an und hat Spaß. Ein Lichtblick! Dann entdeckst du seine In-Ears und den MP3-Player in seiner Hand.
70. Ein Handy klingelt, mehrfach, keiner tut etwas. Du

willst gerade abbrechen, als du merkst, es ist dein eigenes.

71. Ein Mann ganz in Schwarz schlüpft durch den Türspalt und gibt dir mit seinen Schattenarmen wild gestikulierend Zeichen. Erst denkst du, es brennt. Dann denkst du, warum sagt er denn nichts. Dann begreifst du, es ist der Gebärdendolmetscher für dein taubstummes Publikum. Und schließlich stellt sich heraus: Es ist der Fotograf des örtlichen Anzeigenblattes, der nur fünf Minuten Zeit hat und pantomimisch um deine Erlaubnis bittet, fotografieren zu dürfen, während du gerade auf die traurigste Stelle zusteuerst.
72. Wenn du es verbietest, verdirbt das die Stimmung.
73. Wenn du es nicht verbietest, verdirbt das die Stimmung.
74. Du liest weiter und hoffst, dass wenigstens dieser Kelch an dir vorübergeht.
75. Der Fotograf fotografiert digital, aber mit einem mechanischen Verschlussblenden-Schnappgeräusch. Er wartet darauf, dass du aufschaust. Doch immer wenn du den Blick hebst, schaut er gerade runter auf sein Display und die Bilder, auf denen du die Augen zuhast.
76. Die traurigste Stelle ist passé, und du hast es nicht einmal gemerkt.
77. Deine Zweifel nehmen nie da gewesene Ausmaße an.

78. Und ausgerechnet jetzt kommt die Stelle mit dem vielzitierten Satz, der von der »FAZ« höhnisch kommentiert wurde und von der »Süddeutschen« lobend hervorgehoben.
79. Oder war es umgekehrt?
80. Und du weißt noch immer nicht, warum.
81. Deine Zweifel sind keine Zweifel mehr, sondern eine Glaubenskrise.
82. Du hörst nur Striche.
83. Schäm dich!
84. Du schämst dich.
85. An einer völlig harmlosen Stelle – mitten in einer Naturbeschreibung – kommen dir die Tränen. Du verstehst es nicht, und von den Zuschauern versteht es auch keiner.
86. Du wischst dir möglichst unauffällig das Wasser aus den Augenwinkeln. Alle sehen es. »Tapfer sein!«, sagst du dir. Dann geht es richtig los.
87. Du vergisst, am Ende zu verlangsamen, und bist selbst überrascht, dass plötzlich Schluss ist.
88. Für einen Moment überkommt dich eine große Erleichterung. Dann fragt der Moderator, ob es Fragen gibt, und du denkst: Verdammt, es war ja eine Lesung mit Gespräch!
89. Keiner hat eine Frage.
90. Alle haben Fragen.

91. Der Moderator spricht deinen Namen falsch aus, aber du traust dich nicht, ihn zu verbessern, und musst das ganze Gespräch führen mit dem Gefühl, dass ihr von jemand anderem sprecht.
92. Ratlosigkeit.
93. Du glaubst, du kannst die Diskussion schnell beenden, indem du flott ein paar Bälle hin und her spielst, aber du bist in Bern.
94. Beim Reden träumst du von einer Toilettenkabine ganz für dich allein und überlegst, wie du es vor den Zuschauern ins Foyer schaffst. Im selben Moment hörst du dich sagen, dass du selbstverständlich bereit bist zu signieren.
95. Als du die letzte Widmung geschrieben hast, gibt dir eine Schülerin mit Zahnspange den Tipp, dass man Bad Oeynhausen ohne »e« hinter dem »y« schreibt, und ihre Mutter weist dich darauf hin, dass du dich im Datum geirrt hast, um ziemlich genau ein Jahr.

PS

DIE IDEALE LESUNG: siehe *Die nicht ideale Lesung*, These 1–95. Doch irgendwie macht dir das alles nichts aus.